레인 레인

RAIN

레인 레인

앤 M. 마틴 지음 | 이진경 옮김

REIGN

상상의 힘

| 차 례 |

"사랑스러운 새디(1998년 3월 11일 ~ 2013년 10월 3일)를

그리워하며"

1부

이야기의 시작

01

나는 누구인가?

로즈(rose:장미/rows:줄)라는 이름의 소녀

내 이름은 로즈, 성은 하워드다. 내 이름에는 동음이의어(homonym)가 있다. 더 정확하게 말하면 로즈(rose:장미)와 철자는 다른데 발음이 같은 동음이철어(homophone)인 로즈(rows:줄)라는 단어가 있다는 말이다.

대부분 사람들은 동음이철어라고 해야 할 때에도 그냥 동음이의어라고 뭉뚱그려 말한다. 담임 선생님인 쿠쉘 선생님은 이게 흔히들 하는 실수라고 말했다.

"실수를 하는 것과 규칙을 어기는 것은 어떤 차이가 있나요?"

나는 알고 싶었다.

"실수를 하는 것(making a mistake)은 자기도 모르게 그렇게 한 것이지. 규칙을 어기는 것(breaking a rule)은 고의적인 거야."

"그렇지만 만약에……."

나는 더 하고 싶은 말이 있었다.

그런데 쿠쉘 선생님이 서둘러 말을 이었다.

"동음이철어를 동음이의어라고 말해도 괜찮아. 그런 것을 통속적 표현이라고 해."

"어기는 것(breaking)도 동음이의어 짝이 있어요."

내가 말했다.

"제동(braking)."

나는 동음이의어를 정말 좋아한다. 아니 나는 단어를 좋아한다. 그리고 규칙과 숫자도 좋아한다. 내가 좋아하는 것들을 순서대로 말하면 다음과 같다.

1. 단어(특히 동음이의어)
2. 규칙
3. 숫자(특히 소수)

나는 이제 이야기를 하나 하려고 한다. 진짜 이야기, 그러니까 정말 실제로 일어난 이야기다.

이야기하는 방법을 나는 알고 있다. 가장 먼저 주인공을 소개한다. 나는 나 자신에 대한 이야기를 하려고 한다. 그러니까 내가 주인공이다.

내 이름에는 동음이의어가 있다. 그리고 나는 우리 집 개에게도 동음이의어가 있는 이름을 지어 주었다. 개 이름은 레인(rain:비)이다. 이 이름은 아주 특별하다. 왜냐하면 두 개의 동음이의어가 있기 때문이다. reign(시대 또는 통치 기간)과 rein(고삐). 레인에 대해서는 2장에서 자세히 쓰려고 한다. 2장의 제목은 "나의 개, 레인(rain/reign/rein)"이다.

write(쓰다)라는 단어가 중요한 것은 동음이의어가 3개나 있기 때문이다. right(옳은, 오른쪽), rite(의식) 그리고 wright(기능인)가 그것들이다. 이것이 내가 생각해 낸, 동음이의어가 4개나 되는 유일한 단어다. 만약에 내가 동음이의어가 4개나 되는 또 다른 짝을 생각해 낸다면 아마도 그날은 축포를 터뜨려야 할 것이다.

나는 웨슬리 하워드(Wesley Howard)라는 이름을 가진 아빠와 같이 산다. 아빠 이름이나 성에는 동음이의어가 없다.

우리 집 현관에서는 앞마당과 큰길에서 집으로 이어지는 진입로 그리고 허드 로드라는 큰길이 보인다. road(길)는 두 개의 동음이의어 rowed('노를 젓다' row의 과거형)와 rode('타다' ride의 과거형)가 있다. 큰길의 다른 편(side/sighed:'한숨짓다' sigh의 과거형)에는 작은 숲이 있고 나무숲 사이로 뉴욕을 가로지르는 고속도로가 보인다. see(보다)라는 단어는 sea(바다)라는 동음이의어가 있다. 그러나 see(보다)가 3인칭 sees로 쓰이면 seas('바다'의 복수형)와 seize(꽉 붙잡다)라는 단어까지 동음이의어 두 개가 생기니 더 좋다.

나는 하트포드 초등학교 5학년 학생이다. 뉴욕시의 하트포드에는 초등학교가 하나밖에 없고 우리 학교에 5학년은 한 반뿐인데 내가 거기에 다니는 것이다. 대다수의 학급 친구들은 10살이거나 이제 막 11살이 되려고 한다. 나는 거의 12살이다. 왜냐하면 학교에서는 누구도 나를 어떻게 할지 몰라 두 학기 동안 유급을 시켰기 때문이다. 두 학기는 결국 1년이다.

내가 학교에서 놀림을 당하는 것은 규칙을 따르는 것과 함께 항상 동음이의어에 대하여 말하기 때문이다. 라이블러 선생님은 쿠쉘 선생님 반에서 나를 도와주는 분이다. 라이블러 선생님은 5학년용 의자에 앉은 내 옆, 어른용 의자에 앉아 내가 수학 문제를 풀다가 불쑥 말을 내뱉으면 내 팔에 손을 올려놓는다. 아니면 내가 갑자기 내 머리를 때리며 울기 시작하면, 선생님은 “로즈, 잠깐 복도로 나갈까?”라고 말한다.

라이블러 선생님은 동음이의어나 규칙들 그리고 소수 말고도 이야기할 만한 것이 많다고 말한다. 선생님은 나에게 대화를 시작하기 위한 말들을 생각해 보라고 한다. 내가 생각해 낸, 대화를 이끌어 갈 만한 것 가운데 동음이의어나 규칙, 소수와 관계 없는 것은 이런 것이다.

> 나는 북동쪽을 보고 있는 집에 살아. (나는 이 말을 하고 난 후, 내가 대화를 하고 싶은 아이에게 이렇게 묻는다. "네가 사는 집은 어느 방향을 향해 있어?")

> 집에서 1킬로미터쯤 길을 따라 내려가면, 아빠가 기술자로 일하는 제이앤알 카센터가 있어. 160여 미터쯤 더 내려가면 아빠가 일을 마치고 들르는 '아일랜드 사람의 행운'이라는 술집이 있고. 우리 집과 카센터 사이에는 나무와 길만 있어. ("네가 사는 동네에 대해서도 이야기해 줘.")

나에겐 우리 아빠의 동생인 웰든이라는 삼촌이 있어. (넌 가족이 어떻게 되니?)

내 병의 공식적인 명칭은 고기능 자폐증, 혹은 아스퍼거 증후군이라고 부른대. (혹시 너도 앓고 있는 병이 있니?)

나에 대한 소개는 우리 엄마가 아빠와 나랑 같이 살지 않는다는 사실을 말하는 것으로 끝내려 한다. 엄마는 내가 두 살 때 집을 나갔다. 그래서 우리 집에 살고 있는 사람은 아빠와 나뿐이다. 우리 집에 살고 있는 개는 레인이다. 웰든 삼촌은 우리 집에서 약 5킬로미터쯤 떨어진 하트포드의 다른 쪽에 산다.

다음으로 소개할 내용은 이야기의 배경에 관한 것이다. 뉴욕주 하트포드라는 지리적 위치에 대해서는 이미 말했다. 이야기가 시작되는 역사적인 순간은 나의 5학년 시절, 10월이다.

이제 나는 5학년 시절의 골치 아픈 사건에 대해 이야기하려 한다. 그것은 뒤에 나오는 허리케인이 몰아치던 날 밤, 아빠가 레인을 밖으로 나가게 한 사건만큼 골치 아픈 것은 아니지만 그래도 골치 아픈 일이다. 내 생애 처음으로 나는 아빠에게 보여줘야 하는 주간 학습보고서를 가지고 귀가해야 했다. 그 보고서는 라이블러 선생님이 쓰고 쿠쉘 선생님이 읽고 서명한 것이다. 두 분의 서명이 나란히 있는 것은 내 행동에 대해 두 분 선생님이 의견의 일치를 보았다는 뜻이다. 보고서엔 월요일부터 금요일까지 내가 한 행동 가운데 주목할 만한 것들이 적혀 있다. 그중에는 '학급 토론에 적절하게 참여함' 처럼 좋은 말도 있다. 그러나 대부분의 내용은 아빠가 보고서를 탁자에 내려치면서 "로즈, 제발 동음이의어를 생각하더라도 입은 좀 다물어라." 혹은 "화재 경보를 들을 때 손바닥으로 귀를 때리면서 소리를 지르는 애가 또 있는지 한번 생각해봐."라고 말하게 하는 것들이다.

지난번 보고서에는 라이블러 선생님과 쿠쉘 선생님이 아빠에게 월례 상담 날짜를 정할 것을 요청하기도 했다. 이제 아빠는 매월 세 번째 금요일 오후 3시 45분에 나에 대한 상담을 하러 하트포드 초등학교에 가야 한다. 아빠는 상담 시간이 적힌 보고서를 읽고 나서 "나는 상담을 하러 갈 시간이 없다. 로즈야, 이건 너무 귀찮은 일이야. 왜 이런 일들이 생기게 만드니?" 라고 말했다. 아빠는 제이앤알 카센터에서 일이 끝나는 시각이 금요일 오후 3시 48분이라고 했다.

웰든 삼촌은 아빠와 나 그리고 레인을 보기 위해 우리 집에 온 10월 3일, 저녁 8시 10분에 월례 상담에 대해 들었다.

아빠는 손에 편지를 들고 나무들과 어둠을 응시하면서 현관문에 서 있었다.

"이런 면담은 정말 골치가 아파."

웰든 삼촌은 나와 함께 부엌의 포마이카 식탁에 앉아 있었는데 눈을 들어 아빠를 보며 말했다.

"형이 원하면 내가 갈 수도 있어."

웰든 삼촌은 매우 부드러운 목소리를 가졌다.

아빠는 홱 돌아서며 손가락으로 삼촌을 가리켰다.

"아냐! 로즈는 내 책임이야. 내가 알아서 할 거야."

삼촌은 고개를 숙이고는 대답하지 않았다. 그러나 아빠가 다시 뒤로 돌아서서 밖을 향했을 때, 삼촌은 손을 들어 검지와 중지를 서로 꼬았는데 그것은 모든 것이 잘 될 것(right/write:쓰다/rite:의식/wright:장인)이라는 신호다. 나도 역시(too/two:둘/to:~로) 손가락을 꼬아 들었고, 삼촌과 같이 손을 가슴에 댔다.

그때 레인이 부엌으로 들어와 내 발치에 한동안 앉아 있었다.

그리고 삼촌이 돌아갔다.

그다음에 아빠가 라이블러 선생님과 쿠셸 선생님이 보낸 편지를 구겨서 마당에 던졌다.

이것이 나에 대한 소개의 끝이다.

02

나의 개

레인(rain:비, reign:시절, rein:고삐)

내 이야기의 다음 등장인물은 레인(rain)이다. 등장인물이 꼭 사람이어야 할 필요는 없다. 등장인물이 레인이라는 이름을 가진 개일 수도 있다.

레인은 몸무게가 10킬로그램쯤 된다. 개의 몸무게는 이런 식으로 잰다. 먼저 체중계에 올라가서 내 몸무게를 잰다. 그다음에 개를 안고 체중계에 올라 무게를 잰다. 그리고 개를 안고 잰 몸무게에서 내 몸무게를 뺀다. 그러면 개의 몸무게가 나온다.

weigh(몸무게를 재다)와 way(길 혹은 방법)는 동음이의어다.

레인의 등길이는 45센티미터이다. 코 끝에서 꼬리 끝까지의 길이는 85센티미터다.

레인의 털은 노란색이다. 다만 발가락 일곱 개는 흰색-오른쪽 앞발가락 두 개, 왼쪽 앞발가락 한 개, 오른쪽 뒷발가락 세 개 그리고 왼쪽 뒷발가락 한 개-이다. 레인의 오른쪽 귀에는 갈색 반점이 있다. 털은 짧다. 웰든 삼촌은 레인이 래브라도 리트리버의 일종인 것 같다고 했다. 노란 래브라도 암컷이 순종인 경우 25에서 32킬로그램 정도 되기 때문에 레인은 아마도 순종 래브라도는 아닌 것 같다고 했다.

레인과 집에 둘만 같이 있을 때에는 집 안에 앉아 있거나 앞쪽 현관에 앉는다. 그럴 때 레인은 앞 발(feet/feat:재주) 하나(one/won:'이기다' win의 과거형)를 내 무릎에(in: 안에/inn:여관) 올려놓는다. 나는 레인의 발가락들(toes/tows:'끌다' tow의 3인칭형)을 쓰다듬고 레인은 초콜릿색 눈으로 나의 푸른(blue/blew:'불다' blow의 과거형) 눈을 바라본다. 잠시 후에 레인은 잠이 든다. 레인은 갈색 눈을 가늘게 뜨고 있다가 완전히 감는다. 밤에 잘 때는 내가 덮고 있는 이불 안으로 기어들어 온다. 자다가 밤중에 일어나 보면 온몸을 나에게 찰싹 붙인 채 내 목에 머리를 올려놓고 있는 레인을 발견하게 된다.

레인의 숨결에서는 개 사료 냄새가 난다.

레인은 우리와 11개월째 살고 있는데, 거의 1년이라고 할 수 있다. 나는 아빠가 레인을 집에 데리고 온 날 밤의 이야기를 5장 "레인이 우리 집에 왔을 때"에서 더 이야기하려고 한다.

레인과 나에게는 정해진 일과가 있다. 우리는 매일 같이 규칙적인 일들을 하길 좋아한다. 레인은 주중에 내가 하트포드 초등학교에 있고, 아빠는 카센터에 일하고 있을 동안 집에 혼자 있다. 카센터에서 아빠가 할 일이 없을 때, 아빠는 아일랜드 사람의 행운에서 맥주를 마시고 텔레비전을 본다. 일이 있든 없든 아빠는 집에 있지 않는다. 레인은 혼자 집에 있는다. 2시 42분에 학교가 끝나면 웰든 삼촌이 나를 대우러 온다. 삼촌은 2시 58분에서 3시 1분 사이에 나를 집에 내려준다. 나는 얼마 동안 현관에 앉아 레인의 발가락을 문질러 준다. 그러고 나서 산책을 간다. 산책을 다녀온 후 숙제를 하고, 그다음은 아빠와 함께 저녁 식사를 준비한다. 그리고 레인의 밥을 준다.

레인의 밥은 깡통에 든 젖은 사료를 건조된 사료와 섞은 것이다. 반은 아침에 그리고 나머지 반은 저녁에 준다. 처음에 아빠가 레인을 집에 데리고 왔을 때 개에게 젖은 사료를 먹일

것까지는 없다고 했다. 젖은 사료는 건조 사료보다 더 비싸다. 그러나 내가 야생의 개는 고기를 먹는다고 말했더니, 아빠가 "그래 네 말이 맞다, 로즈."라고 했다.

레인이 저녁을 먹고 나면 우리는 아빠가 집에 오기를 기다린다. 아빠가 아일랜드 사람의 행운에서 하루 종일 있는 날은 아빠의 기분이 썩 좋지 않을 수 있다. 아니면 기분이 아주 좋을 수도 있다. 만약 아빠가 카센터에서 계속 일을 하고 왔다면 기분이 좋지 않을 수도 있다. 아니면 그냥 별다른 기분이 아닐 수도 있다.

레인은 똑똑하다. 레인은 결코 곧장 아빠 가까이에 가지 않는다. 레인은 아빠가 "저녁 메뉴는 뭐냐?"라고 말할 때까지 내 침실로 가는 복도에 서서 기다린다. 아빠가 "저녁 메뉴는 뭐냐?"라고 말하면 아빠에게 저녁을 차려 드리거나 레인이 우리가 먹는 동안 테이블 옆에 앉아 있어도 안전하다는 의미다. 레인은 아빠의 미간이 찌푸려지고 눈을 매섭게 뜰 때까지는 발을 내 무릎에 올려놓고 음식을 주기를 기다리며 쳐다보고 있을 수 있다. 아빠가 미간을 찌푸리는 것은 레인이 이제 내 침실로 돌아가야 한다는 신호다.

아빠가 집에 와서 아무 말도 하지 않고 방으로 곧장 들어가면 레인과 나는 아빠 곁에 절대로 가서는 안 된다. 그리고 나는 레인이 아빠를 짜증나게 하지 않도록 조용히 있도록 해야 한다.

레인은 아빠의 발(feet/feat:재주)과 신발(shoes/shoos:'쉬'하고 쫓는 소리)에서 멀리 떨어져 있어야 할 때를 안다(knows/nose:코).

03

동음이의어의 규칙

나는 우리 반에서 동음이의어에 관심을 가진 유일한 학생이다. 이 말은 대부분의 아이들은 동음이의어에 관심이 없다는 뜻이다. 그래서 만약 이 책을 읽는 당신도 이 장을 건너뛰고 싶다면 그래도 괜찮다.

그러나 이 장을 읽게 된다면, 당신 역시 동음이의어에 관심을 갖게 될 것이다(만약 동음이의어에 전혀 관심이 없다면, 그만 읽고 4장으로 건너뛰어도 좋다).

누군가에게 동음이의어는 놀랍고도 재미있을 수 있다. 그래서 내가 동음이의어 목록을 만들기 시작한 것이다. 목록은 매우 길다. 지금 현재 네 바닥 정도 된다. 단어들은 알파벳 순서로 되어 있다. 나는 동음이의어 두 개 혹은 세 개 옆에 여백을 남겨두어 쉽게 새로운 단어를 더할 수 있게 했다. 그렇지만 만약 여백을 다 써버렸는데 새로운 동음이의어를 생각해 내게 되면 나는 그 지점부터 끝까지 다시 목록을 만들어야 한다. 때때로 이 일은 나를 울게 한다. 왜냐하면 단어들을 한 치의 실수도 없이 완벽하게 적어야 하기 때문이다. 만약 실수를 하면 처음부터 다시 적는다. 우리 반에서 키가 123센티미터쯤 되는 조쉬 바텔은 지난주 나에게 이렇게 말했다.

"로즈, 목록을 컴퓨터에 저장해 둬. 그러면 네가 원할 때마다 새로운 단어를 추가할 수 있어. 컴퓨터가 여백도 만들어 줄 거야. 목록을 처음부터 다시 쓸 필요가 없게 된다구."

그러나 아빠와 나는 컴퓨터가 없다. 휴대전화나 디지털카메라, 아이팟 그리고 디브이디 플레이어도 없다. 아빠는 그런 것들은 비싸고 필요도 없다고 말했다. 그런 것을 살 형편이 안 된다고 했다. 사실 그런 것들이 필요하지도 않다.

그래서 나는 동음이의어 목록을 종이에 적는다.

이 장에서 나는 동음이의어에 대한 나의 규칙을 말하려고 한다. 그러나 대부분의 아이들이 규칙에 대해서는 동음이의어보다 더 관심이 없다는 사실을 깨달은 이후로 나는 우선 동음이의어가 가져다주는 재미부터 말하려고 한다. 그러고 나서 규칙에 관해 말할 것이다. 만약 관심이 생긴다면 계속해서 읽어도 된다.

동음이의어에서 재미있는 것은 문장에서 어떤 단어를 듣고 갑자기 그 단어의 동음이의어가 하나 혹은 둘(아니면 셋이지만 이런 경우는 매우 드물다. 그러기에 네 개의 단어가 동음이의어를 이루는 것은 거의 생각해 내기 어렵다.) 있는데 그것을 전에는 생각해 본 적조차 없다는 것을 깨닫는 것이다. 예를 들어, 어제 웰든 삼촌이 “봐라, 레인이 얼마나 조심스럽게 음식을 씹는가(chews)를.”라고 말했을 때, 나는 내 목록에 올릴 새로운 동음이의어를 생각해 냈다.

웰든 삼촌이 그 말을 했을 때, 우리는 부엌의 식탁에 앉아 있었는데 나는 의자에 뛰어오르며 외쳤다.

“와! 씹다(chews:‘chew’의 3인칭 형태)와 고르다(choose)! 새로운 동음이의어예요!”

웰든 삼촌도 흥분하여 말했다.

“훌륭해, 로즈. 가서 목록을 찾아와. 두 개의 단어를 쓸 여백이 있나 보자.”

나는 책가방에서 목록을 꺼내다가 씹다(chew)라는 단어가 술을 만들다(brew)라는 단어와 운율이 맞는 것을 생각해냈고 다시 삼촌에게 달려가 소리쳤다.

“그리고 하나 더 있어요. 술을 만들다(brews:‘brew’의 3인칭 형태)와 상처(bruise)! 정말 좋은 한 쌍이에요. 새로운 쌍을 두 개나 생각해 내다니. 오늘은 정말 기념해야 할 날이에요.”

결론적으로, 이렇게 동음이의어는 재미있다(만약 당신이 동음이의어에 대해 충분히 들었지만, 나의 규칙에 대해서는 알고 싶지 않다면 읽기를 멈추고 4장으로 건너뛰어도 좋다.).

자, 이제부터 동음이의어에 대한 나의 규칙이다. 규칙을 정한다는 것은 중요하다. 왜냐하면 규칙이 없다면 같은 소리가 나는 단어들을 생각하는 일에 압도당하게 되기 때문이다. 목록은 자꾸 불어나 몇십 장이 될지도 모른다. 나의 규칙 대부분은 순수한 단어 그리고 영어인 단어들로 동음이의어를 제한하기 위한 것이다.

로즈 하워드의 동음이의어 규칙

1. 진정으로 동음이의어가 되는 두 단어 쌍 혹은 세 단어 쌍의 단어들은 고유명사를 포함하지 않는다. 고유명사란 조쉬 바텔이나 하트포드 또는 라이스 크리스피 시리얼과 같은 특정한 사람이나 장소, 혹은 물건의 이름을 말한다. 나는 구슬리다(coax)와 콜라(Cokes), 소식을 전하다(herald)와 헤럴드(Harold:남자 이름)를 포함할까 생각했으나 콜라와 헤럴드는 고유명사이지 순수한 단어가 아니다. 고유명사를 포함한 것은 내 목록을 너무 길게 만들 것이다. 다행스럽게도, 로즈(Rose)와 레인(Rain)은 고유명사이면서 보통명사이다. 그래서 이 두 가지를 내 목록에 포함할 수 있었다.

2. 진정으로 동음이의어가 되는 두 단어 쌍 혹은 세 단어 쌍의 단어들은 외래어를 포함하지 않는다. 나는 엿보다(peek)와 정점(peak)을 목록에 올렸는데, 불쾌감(pique)을 포함시켜 세 단어 쌍으로 만들지 않았다. 왜냐하면 불쾌감(pique)은 프랑스어에서 온 단어이기 때문이다. 외래어를

목록에 포함하는 것은 매우 어려운 일이 될 것이다. 왜냐하면 내가 모든 언어를 다 알지 못하기 때문이다.

3. 진정으로 동음이의어가 되는 두 단어 쌍 혹은 세 단어 쌍의 단어들은 축약어를 포함하지 않는다. 섬(isle)과 통로(aisle)는 목록에 올렸지만 '나는 ~할 것이다'(I'll)는 축약한 말이므로 포함하지 않았다. 이것은 순수한 단어가 아니다(게다가 나의 'I'는 대명사이기도 하다).

4. 진정으로 동음이의어가 되는 두 단어 쌍 혹은 세 단어 쌍의 단어들은 약자를 포함하지 않는다. 나는 잉크(ink)와 주식회사(inc.)를 내 목록에 포함하지 않았다. 왜냐하면 주식회사(inc.)는 법인 인가를 받은 주식회사(incorporation)를 줄인 것으로 잉크의 동음이의어가 아닌 것이 명백하다.

5. 진정으로 동음이의어가 되는 두 단어 쌍 혹은 세 단어 쌍의 단어들은 정확하게 같은 발음인 단어들만 포함한다. 칭얼거리다 whine[hwain]과 포도주 wine[wain]은 정확하게 같은 발음이 아니므로 내 목록에 포함하지 않았다.

현재로썬 이 정도면 충분하다고 생각한다. 아마도 당신이 내 이야기를 계속 듣고 싶어 하는 듯하기에 이제 다음 주요 등장인물을 소개할 것이다. 다음 주요 등장인물은 나의 아빠, 웨즐리 하워드다.

아, 동음이의어에 대한 한 가지 더 재미있는 사실. 쌍(pair)은 둘(two)을 의미한다. 그러나 이 쌍(pair)은 세 단어 쌍 동음이의어의 하나다. pair(쌍), pear(배) 그리고 pare(껍질을 벗기다).

04

동음이의어가 없는 웨즐리 하워드, 우리 아빠에 대한 몇 가지 사실들

웨즐리 하워드는 나의 아빠이고 서른세 살이다. 아빠는 하현달인 3월 16일에 태어났다. 아빠의 키는 183센티미터이며 한쪽 뺨에 4센티미터 가량의 흉터가 있다. 그 흉터는 아빠가 일곱 살 때 할아버지가 아빠에게 자전거를 바깥에 두고 오면 안 된다는 것을 가르치기 위해 삽 손잡이로 세게 내리쳐 생긴 상처다.

아빠와 나의 공통점은 엄마가 아니라 아빠 손에 자랐으며 시골에서 살았다는 점이다.

아빠의 직업은 제이앤알 카센터의 자동차 수리공이다.

아빠에게는 동생이 한 명 있는데 바로 웰든 삼촌이다. 삼촌은 서른한 살이고 키는 180센티미터이다. 삼촌은 6월 23일에 태어났는데 이때는 딸기 보름달*이라고 부르는 날이다. 아빠는 오후 6시 39분에 태어났고 삼촌은 오후 9시 36분에 태어났는데 이 두 시각은 거꾸로 쓰면 같은 시각이고, 숫자들은 모두 3으로 나누어진다.

내가 태어났을 때 아빠는 스물한 살이었다. 엄마가 집을 나갔을 때 아빠는 스물세 살이었다. 내가 유치원을 다니기 시작했을 때 아빠는 26년하고도 반 년을 살았을 때다. 나의 유치원 선생님인 크룬 선생님이 하트포드 초등학교가 나에게는 맞지 않을 수도 있다고 말했을 때 아빠는 26년 7개월이었다.

"하트포드에 다른 초등학교가 있는지 저는 몰랐는데요."

아빠가 대답했다.

"제 말은 그게 아닙니다."

크룬 선생님의 말은 내가 다른 유치원생들과 대화하는 데

* full strawberry moon을 번역한 것으로 6월의 보름달을 말한다. 이 이름은 달의 색이나 모양과는 무관하고 앨콘킨 족이 딸기를 수확하기 가장 좋은 시기라는 의미에서 부르기 시작한 것이다.

에 어려움이 있고, 잘 우는 데다 다른 아이들이 규칙을 따르지 않을 때면 신발이나 그림책으로 내 머리를 치기 때문에 특별한 학교나 프로그램이 필요하다는 것이다.

아빠는 크룬 선생님에게 조금 더 열심히 돌봐 달라고 말했다. 나를 가르치는 것이 그녀의 일이라고 했다.

"정말 로즈를 위해 다른 학교를 알아보지 않으실래요?"

크룬 선생님이 물었다.

"다른 학교는 어디에 있습니까?"

아빠가 물었다.

"커트린에 아주 좋은 학교가 있습니다."

"커트린은 35킬로나 떨어져 있는 곳 아닌가요?"

"예."

아빠는 고개를 저었다.

"로즈는 여기에서도 잘해낼 겁니다."

1학년 때 담임 선생님이던 빈셀 선생님은 교장 선생님과 학교의 심리상담사, 크룬 선생님 그리고 아빠를 회의에 소집했다. 나는 회의에 참석하지 않았기 때문에 회의에서 무슨 얘기가 오갔는지 모른다. 회의가 끝난 후 아빠는 웰든 삼촌의 사무실에서 기다리고 있던 나를 데리고 집에 왔다. 아빠는 나를 잡고 흔들며 말했다.

"로즈, 그런 행동들은 이제 그만 해라."

나는 아빠에게 내 이름을 두 가지 방식으로 쓸 수 있는데 둘 다 발음이 같기 때문이라고 말했다.

2학년 때 나는 크룬 선생님을 담임으로 다시 만나게 되었다. 크룬 선생님이 더 이상 유치원생들을 가르치고 싶어 하지 않았기 때문이다. 크룬 선생님은 9월 13일 오후에 아빠에게 이렇게 말했다.

"하워드 씨, 저는 로즈가 매일 일정 시간을 학습도움실에서 공부하는 것이 도움이 될 거라고 생각합니다."

하워드 씨인 우리 아빠는 말했다.

"학습도움실이 지진아들을 위한(for) 게 아니기만 하다면 상관없습니다."

For(~을 위한)는 두 개의 동음이의어가 있다. four(4)와 fore(앞쪽의).

4학년이 될 때까지 라이블러 선생님이 나의 보조 선생님 역할을 하셨다. 아빠는 나에게 보조 선생님이 필요하다고 생각하진 않지만 하트포드 초등학교와 싸우고 싶지는 않다고 말했다.

"그냥 말썽만 부리지 마라, 로즈."

아빠는 말했다. 그리고 5학년이 되고 라이블러 선생님이 주간 보고서를 생각해 내기 전까지는 모든 일이 순조로웠다.

이 시점에서 나는 아빠의 어린 시절에 대해 조금 더 말하려고 한다. 아빠가 열 살이었을 때, 아빠는 팔에 5센티미터의 깊게 팬 상처가 있는 채로 학교에 갔다. 아빠의 담임 선생님은 그것이 화상이라고 짐작하고 아동보호소에 전화했다. 바로 그날 저녁 경찰이 할아버지를 체포했다. 그뒤로 아빠와 웰든 삼촌은 위탁 가정에서 자랐다.

"우리는 항상 같은 가족에게 맡겨졌지."

웰든 삼촌은 언젠가 이런 말을 했다.

"우리는 떨어지지 않았어. 하지만 어느 가족하고도 오래 지낸 적이 없다."

아빠와 웰든 삼촌은 아빠가 열여덟 살이 되기까지 일곱 가정을 옮겨 다녔다.

아빠와 웰든 삼촌은 다섯 군데의 도시에서 살았고 총 32명의 수양 남자 형제와 여자 형제들이 있었다.

9개의 학교를 다녔고 한 곳에서 가장 오래 머문 기간이 21

개월이었다.

가장 짧게 머문 집은 78일 동안이었다.

작년의 어느 날 밤 아빠와 내가 6시 17분에 저녁을 먹을 때, 나는 아빠에게 물었다.

"가장 좋아하는 사람이 있었어요?"

"가장 좋아하는 뭐?"

"가장 좋아하는 수양 엄마요."

"그래 있었지."

아빠가 말했다.

"한나 페더슨"

"재미있는 이름이에요."

내가 말했다. 라이블러 선생님이 알려준 대화의 방법을 생각하였다.

"왜냐하면 한나(Hannah)는 회문에 해당하는 단어잖아요. 즉 앞에서 시작하나 뒤에서 시작하나 철자가 같아요. 내 이름은 회문이 아니에요. 뒤에서부터 쓰면 E-S-O-R이지 R-O-S-E가 아니니까요. 그래도 동음이의어는 있어요."

아빠는 말했다.

"로즈, 동음이의어라면 말도 꺼내지 마."

“그럼 좋아하는 남자 형제나 여자 형제는 있었나요?”

“그래.”

아빠는 잠깐 생각한 후에 대답했다.

“멋진 일이네요. 그 사람들 이름 가운데 동음이의어를 가진 사람이 있었나요?”

05

레인이 우리 집에 왔을 때

나는 이제 레인이 우리 집에 처음 온 날에 대해 말하려고 한다. 작년 추수감사절 전 금요일에 나는 아빠가 아일랜드 사람의 행운에서 돌아오기를 기다리고 있었다. 나는 아빠가 아일랜드 사람의 행운에 있으리라는 것을 알았다. 왜냐하면 그때 시간이 7시 49분이었는데 그 시간이면 카센터는 2시간 49분 전에 이미 문을 닫았기 때문이다. 그날 저녁 나는 햄버거를 만들었고 내 몫을 이미 먹은 후였다. 나는 6시 45분 이후에 저녁을 먹는 것을 좋아하지 않는다. 디저트는 오렌지 맛 막대 아이스크림이었는데 그것도 이미 먹은 후였다.

자동차 불빛이 부엌을 돌아 진입로에 정차하는 소리를 들었을 때 나는 동음이의어 목록을 공부하고 있었다. 나는 그 소리가 아빠 차 소리라고 생각했다. 그리고 문이 쾅하고 닫히는 소리를 들었다. 그다음 또 한 번 문이 쾅하고 닫히는 소리를 들었는데 아빠가 샘 다이아몬드 씨와 같이 왔나 보다라고 생각했다. 샘 다이아몬드 씨는 아일랜드 사람의 행운에서 아빠와 같이 술을 마시는 사람으로 가끔 우리 집에 와 거실 소파에서 자기도 한다. 잠시 후 현관 쪽에 발소리가 나는 것을 들었다. 그리고 낑낑거리는 소리도 들었는데 그 소리는 샘 다이아몬드 씨가 내는 소리가 아니었다.

나는 식탁에 앉아서 문을 쳐다보았다.

아빠가 현관 창문에 나타났다.

"로즈, 이리 와서 좀 도와다오."

아빠가 소리쳤다.

앞문을 열고 비 오는 밤 가림막을 통해 내다보았을 때 아빠는 왼손에 밧줄을 쥐고 서 있었고, 줄 끝에는 개가 있었다. 아빠와 함께 차를 타고 온 것은 샘 다이아몬드 씨가 아니라 개였다.

밧줄은 개의 목 둘레에 묶여 있었다. 개는 흠뻑 젖어 있었다.

"개는 어디에서 났어요?"

아빠에게 물었다.

"아일랜드 사람의 행운 뒤편에서. 개 닦게 수건 좀 가져올래?"

"여자인가요?"

나는 물었다.

"그래, 수건?"

이것은 아빠가 나에게 수건 가져오는 것을 다시 한 번 상기시키는 방식이었다.

"하얀색 수건은 가져오지 마."

아빠가 등뒤에다 대고 소리쳤다.

"진흙투성이야."

나는 초록색 수건을 가져와서 현관의 가림막 사이로 아빠가 개의 발과 등을 닦는 것을 지켜보았다.

"이 개는 너를 위한 거야. 키워도 돼."

아빠가 말했다.

"목줄을 차고 있지 않아요."

내가 대답했다.

"그러니까 네 개라는 말이다. 길 잃은 개야."

"그렇지만 주인을 찾아줘야 하지 않나요?"

나는 물었다.

"주인이 개를 찾고 싶어 할 것 같아요."

"개 목줄을 채우지도 않을 만큼 신경을 쓰지 않는 사람들이라면 개를 키울 자격이 없어. 게다가 어떻게 주인을 찾는단 말이냐? 목줄이 없어서 아무런 표식도 없는데."

"이 개가 선물인가요?"

나는 알고 싶었다.

"뭐?"

아빠가 개를 닦는 것을 잠시 멈추었다.

"그래, 선물이야. 너에게 주는 선물."

아빠는 나에게 선물을 준 적이 많지 않다.

개는 아빠가 젖은 털을 닦는 동안 참을성 있게 서 있었다. 아빠가 수건을 내밀 때마다 한 번에 한 발씩 앞발을 들었다. 그리고 나를 지그시 바라보고 눈썹을 위아래로 움직였다. 개는 숨을 헐떡였으며 숨을 헐떡일 때 입술을 일자로 넓게 벌려서 마치 웃고 있는 것처럼 보였다.

아빠가 개에게 말했다.

"자, 이제 집 안으로 들어가도 되겠다."

아빠는 문을 열어주었고 개는 거실로 걸어 들어왔다. 거실은 사실 부엌의 일부였다. 개는 내 다리에 몸을 기대 왔다.

나는 개를 내려다보았고 개는 나를 올려다보았다.

"쓰다듬어 줘도 된다. 보통 사람들은 그렇게 해."

아빠가 말했다.

그래서 나는 개를 쓰다듬어 주었고 개는 눈을 감고 더 밀착해 왔다.

"이름은 어떻게 지을 거니?"

아빠가 물었다.

"레인(rain:비)이라고 부를 거예요. 아빠가 빗속에서 이 개를 찾았잖아요. 그리고 레인은 두 개의 동음이의어가 있어요. reign(시절)과 rein(고삐). 그래서 레인은 특별한 단어예요."

"그거 멋지구나, 로즈야. 그럼 이제 '고맙습니다'라고 말하는 건 어때?"

"고맙습니다."

그날 밤 레인은 나와 같이 침대에서 잤다. 그날 이후로 레인은 매일 밤 나와 함께 잤다.

06

내가 기다리는 사람

웰든 삼촌은 매일 나를 학교에 태워다 주고 집까지 데려다 준다. 내가 이제는 학교 버스를 타지 못하게 되었기 때문이다. 이 말을 들은 아빠가 나를 학교에 태워다 줄 수 없다고 선언해 버렸기 때문에 삼촌이 하게 된 것이다. 아빠는 말했다.

"도대체 어떻게 했길래 학교 버스에서도 쫓겨난 거니? 내가 어떻게 너도 학교에 태워다 주고 카센터에도 출근할 수 있겠니? 그리고 일하다가 어떻게 학교에 가서 너를 데리고 올 수 있겠어, 응?"

아빠의 카센터에서는 일이 없는 날도 많다. 그런 날에 아빠는 늦잠을 잔 후 아일랜드 사람의 행운에 가는 것을 좋아한다.

"내가 로즈를 학교에 태워다 줄 수 있을 것 같은데요."

웰든 삼촌이 말했다.

웰든 삼촌은 건설회사에 근무한다. 아빠는 얼간이들이나 하는 일이라 부르고 삼촌은 사무직이라고 부른다. 삼촌은 건설일은 하지 않고 컴퓨터 앞에 앉아 있다. 삼촌의 일은 9시에 시작하기 때문에 8시 42분에 시작하는 학교에 나를 내려주고 진 건설회사라는 이름의 회사에 출근할 수 있다. 삼촌은 점심시간에도 계속 일을 한 후, 매일 2시 42분에 나를 학교에서 태워서 집에 데려다줘도 되는지 상사에게 물어봐야 한다고 말했다.

나를 학교에 태워다 줄 수 있다고 말할 때, 삼촌은 아빠를 똑바로 쳐다보지 않았다. 삼촌과 아빠 그리고 레인과 나는 앞쪽 현관 앞에 앉아 있었는데 삼촌은 말을 하면서 허드 로드를 쳐다보고 있었다.

나는 아빠가 "이 일은 내가 알아서 할게."라고 말하길 기다리고 있었는데 아빠는 그렇게 말하는 대신 담배에 불을 붙이면서 허드 로드를 쳐다봤다.

그래서 나도 아빠에게 말하면서 길을 쳐다보았다.

"할아버지도 아빠를 학교에 태워다 주셨나요?"

"그럴 필요가 없었다. 난 학교 버스에서 쫓겨나지 않았으니까. 그런데 그건 왜 묻는 거냐?"

그건 아빠가 항상 할아버지 같은 아빠는 절대 되지 않을 거라고 말했기 때문에 물어 본 거였다. 아빠는 무슨 일이 있어도 혼자 힘으로 나를 키울 거라고 말한다. 그래서 아빠는 웰든 삼촌으로부터도 많은 도움을 받지 않는다. 그것이 웰든 삼촌이 조심스럽게 아빠의 의사를 물어보는 이유이기도 하다. 아빠가 느끼기에 웰든 삼촌이 나를 키우는 데 간섭한다고 생각되면 아빠는 우리를 떨어뜨려 놓겠다고 협박했다. 만약 삼촌과 만날 수 없다면 매우 슬플 것이다.

"잘 모르겠어요."

레인은 현관 앞에 아빠가 내다 놓은 낡은 소파에 앉은 내 옆에 누워 있었다. 레인은 배를 위로 하고 돌아누워 머리를 내 무릎에 올려놓았다.

"네가 질문을 해 놓고선 왜 물었는지 모르겠다고?"

아빠가 말했다.

"예, 모르겠어요."

내가 대답했다.

그때 웰든 삼촌이 끼어들며 물었다.

"그건 어때요? 내가 학교에 태워다 주는 건요? 그럼 문제가 해결될 텐데."

"그런다고 해도 아빠가 나쁜 아빠는 아니예요."

내가 말했다.

웰든 삼촌은 허드 로드에서 나에게로 시선을 옮기며 눈을 크게 떴다.

"내 말은 절대 나쁜 아빠가 아니라는 뜻이예요."

"음, 어쨌든 다른 방법이 없구나."

아빠가 대답했다.

이렇게 해서 웰든 삼촌이 나를 하트포드 초등학교까지 태워다 주고 또 데려오게 되었다. 매일 아침, 레인과 나는 현관에서 삼촌이 쉐보레 몬타나를 몰고 허드 로드로 진입하는 것을 기다린다. 트럭이 오는 것을 보면 나는 레인의 머리에 입을 맞추고 레인을 집에 들여보낸다. 그러고 나서 삼촌의 옆자리에 올라타며 어제 헤어진 이후로 새로운 동음이의어가 있는지 묻는다.

만약 내가 동음이의어를 생각해 냈으면 삼촌은 "훌륭해!"라고 말한다. 그리고 삼촌과 나는 새로 생각해 낸 동음이의어 쌍과 비슷하게 발음되는 다른 동음이의어를 생각해 내려고 애쓴다. 예를 들면, 씹다(chews:chew의 3인칭)와 선택하다(choose) 쌍이나 술을 만들다(brews:brew의 3인칭)와 멍(bruise)과 같이 말이다.

동음이의어에 대해 이야기한 다음에는 잠시 창밖을 본다. 그러면 웰든 삼촌은 이렇게 말한다.

"아빠랑 레인이랑 다 잘 지내지?"

가장 단순한 대답은 '예'라고 대답하는 것이다. 꼭 그래야만 할 일이 없는 한 나는 그다지 망설이지 않고 '예'라고 한다.

때때로 웰든 삼촌은 이렇게 말하곤 한다.

"로즈, 이번 주말에 삼촌이랑 영화 보러 갈까?" 아니면 "토요일에 레인이랑 산책할까?"

그다음엔 아빠에게 어떻게 허락 받을 것인가에 대해 생각해야 한다.

마침내 우리는 하트포드 초등학교에 도착한다. 웰든 삼촌과 나는 차에서 내리기 전에 손가락을 꼬아 행운을 빈 후 손을 심장에 갖다 댄다.

***

수업이 끝난 후 나는 다시 삼촌을 기다린다. 학교 정문 옆에 서서 나랑 같이 학교 버스를 타던 아이들이 7번 버스를 타기 위해 줄을 서는 것을 바라본다. 나는 손톱 하나(one:하나/won: '이기다' win의 과거형)가 빠진 몬트리 솔덤만으로부터 떨어져 선다. 이 아이는 아주 두꺼운 장화를 신어서 내 발가락(toes/tows: '끌다' tow의 3인칭)을 밟았을 때 매우 아팠다. 나는 노래를 흥얼거리며 기다린다(wait/weight:무게). 혼자 서서 웰든 삼촌이 학교 앞 길(lane/lain: '눕다' lie의 과거분사형)을 들어서는 순간을 보기(see/sea:바다) 위해 앞을 똑바로(straight/strait:해협) 응시(stare/stair:계단)한다. 내가 트럭을 향해 달려가면 삼촌은 차 문을 열어주기 위해 조수석으로 몸을 기울이면서 미소 짓는다.

때때로 우리는 이런 대화를 나누기도 한다.

삼촌 학교는 어땠어?

나 어제랑 같았어요.

삼촌 어제랑 똑같았다고?

나 아니요. 그건 불가능하죠.

삼촌　오늘은 어제랑 날짜가 다르니까.

나　그리고 달과 별의 위치도 어제랑은 다르니까.

삼촌　오늘 배운 것 중에 가장 재미있었던 것은 뭐니?

나　음……. 웰든(Weldon)이라는 단어를 차례에 맞게 숫자를 지정한다면 W는 23, 왜냐하면 스물세 번째 글자니까요. E는 5, L에 12, D에 4 그리고 O에 15, N에 14 이런 식으로요. 그러면 73이 돼요. 73이 무슨 수인지 알겠어요?

삼촌　소수?

나　맞아요! 소수는 동음이의어만큼 특별해요. 아빠 이름도 소수예요. W-E-S-L-E-Y는 89가 돼요.

삼촌　정말?

나　예, 하지만 아빠는 그런 데 관심 없을 걸요.

삼촌　음, 네 아빠랑 내가 소수 이름을 가졌다니 기분 좋은데. 너와 레인이 동음이의어 이름을 가졌으니까. 이제 누구도 빠지지 않잖아.

나　아빠가 토요일에 삼촌 집에 가게 할 건지 모르겠어요. 동음이의어 목록을 다시 써야 할지도 몰라요. 지금 너무 비좁거든요.

삼촌 삼촌이 아빠에게 물어봐 줄까?

나 예. 삼촌 집에 놀러 갈 수 있나만 물어봐 주세요. 목록은 얘기하지 말고요.

삼촌 알았어. 알아서 할게.

손가락을 꼬고, 가슴을 스치고, 삼촌에게 작별의 손을 흔든다.

07

내가 학교 버스를 못 타게 된 이유

나는 학교에 가기 위해 학교 버스 7번을 탔다. 7번 버스는 열네 개의 정류장에서 정차하는데, 이것은 좋은 것이다. 왜냐하면 14는 7의 배수이기 때문이다. 학교로 가는 길에서 두 번째 정류장인 내가 타는 정류장에서는 나밖에 타지 않는다. 다음 열두 개의 정류장에서 모든 아이들이 버스에 올라 앉을 자리를 찾아 걸어 들어온다. 그런데 내 옆자리에는 앉지 않는다. 메르니 메이휴는 소수에다 동음이의어로 된 주소인 밴드(band:끈 혹은 띠/banned:금지된)로(lane/lain:'눕다' lay의 과거분사형) 11번지에 사는데 내 곁을 지나면서 종이를 씹어 공처럼 뭉친 것을 튕겨 보내곤 한다. 나는 정면을 똑바로 응시하면서 그것이 내 얼굴에 맞고 튀어서 버스 바닥에 떨어지도록 내버려 둔다. 그러면 윌슨 앤토넬리가 곁에 와서는 “주워, 이 바보야, 너는 지금 휴지를 버린 거야.”라고 말하곤 한다.

정류장마다 운전기사인 셜리 링우드는 반짝이는 백미러로 우리를 보면서 모든 아이들이 자리에 앉을 때까지 기다린다. 모두 자리에 앉으면 차 문을 닫고 7번 버스의 기어를 넣으면서 다시 운전을 시작하곤 한다. 나는 창문을 통해 누가 도로 위에서 규칙을 잘 지키고 있는지를 주의 깊게 본다. 운전자들이 따라야 하는 규칙은 매우 많다. 그런 규칙은 뉴욕주 운전자 수칙에 다 기록되어 있는데도 많은 운전자들이 규칙을 따르지 않는다.

“이봐요!”

나는 소리치곤 한다.

“저 사람이 우회전을 하면서 방향등을 켜지 않았어요! 링우드 아줌마, 봤어요? 저 사람이 법을 어겼어요.”

어떨 때 링우드 아줌마는 내 말에 대답해 주고 어떨 때는 눈을 길 위에 둔 채 계속 운전을 한다. 그것은 내가 얼마나 아줌마와 가깝게 앉아 있느냐에 따라 다르다.

비가 오는 날들(days/daze:눈부심)은 힘들다. 규칙은 자동차의 와이퍼가 작동할 때는 전조등도 켜져 있어야 하기 때문이다.

"링우드 아줌마! 링우드 아줌마! 방금 와이퍼는 작동하는데 전조등을 안 켠 차들을 세 대나 봤어요!"

나는 소리치곤 한다.

메르니가 킥킥거리고 웃기 시작하면 윌슨은 좌석에서 몸을 일으켜 휴대전화를 손에 든 채 말한다.

"경찰에 신고하지 그러냐, 이 바보야?"

"사람들은 규칙을 지켜야 해! 저 사람들이 규칙을 지키지 않고 있다고!"

어느 날 나는 좌석의 맨 앞 줄에 앉아서 링우드 아줌마가 운전하는 것을 지켜볼 수 있었다. 그녀는 7번 버스가 샌디 로드와 9번 국도의 교차로에 접근하자 속도를 줄이다가 정지 신호에 천천히 차를 앞으로 가게 했다.

"링우드 아줌마! 완전히 정차해야지요!"

나는 외쳤다.

"링우드 아줌마, 그건 규칙 위반이에요. 운전수칙에는 완전히 정차해야 한다고 되어 있어요. 완전 정차."

링우드 아줌마는 9번 국도 방향으로 버스를 몰면서 말

했다.

"로즈, 그냥 좀 넘어가자."

"링우드 아줌마, 전조등은 켜신 거예요?"

종이를 씹어 뭉친 공이 뒤에서 날아와 내 목을 맞췄다.

"저거 봐요, 저 운전자는 안전벨트를 매고 있지 않아요. 봤어요? 링우드 아줌마?"

버스는 학교 앞길에 도착했다. 하트포드 초등학교가 코앞에 있었다. 링우드 아줌마는 오른쪽으로 회전하였고 버스는 차선에 진입하기 시작했다.

"멈춰요!"

나는 외쳤다.

"링우드 아줌마, 당장 멈춰요!"

링우드 아줌마는 갑자기 브레이크를 밟고 외쳤다.

"왜? 뭐가 문제야?"

그녀는 창밖을 보기 위해 자리에서 일어났다. 내 뒤에 있던 다른 아이들도 무슨 일이 일어났는지 보기 위해 한쪽 창가로 몰려들었다. 교통이 정지되었다.

"아줌마가 방향지시등을 켜지 않았어요. 그건 규칙을 위반한 거예요."

링우드 아줌마는 다시 운전석에 앉았다. 그녀는 이마를 운전대에 기대었다. 잠시 후 그녀는 나를 돌아보고 말했다.

"지금 농담할 때야?"

그녀는 7번 버스를 주차한 후 하트포드 초등학교에 들어가 교장 선생님과 대화를 나누었다.

그 후 나는 학교 버스를 타지 못하게 되었다.

08

교실에서

우리 교실은 남동향이고 한쪽으로 창문이 연이어 있으며 학생용 책상이 스물한 개, 쿠쉘 선생님 책상이 하나 놓여 있고, 내 책상 옆에 놓인 라이블러 선생님 의자가 복도로 가는 길목을 막고 있다.

우리 반에는 여자애들이 열한 명 그리고 남자애들이 열 명이다.

그리고 햄스터 두 마리가 있다.

우리 교실의 규칙은 두꺼운 종이 위에 적혀서 교실 문 앞에 붙어 있다.

쿠쉘 선생님은 사과 향기를 풍기며 남편과 여섯 살 된 딸과 소수의 이름을 가진 에디(23)가 있다.

쿠쉘 선생님은 지난봄, 나를 학생으로 받게 될 것을 알고 아빠와 면담을 하여 아빠로부터 "로즈가 어떤 말썽도 부리지 않게 하겠습니다."란 말을 들었다.

쿠쉘 선생님이 내가 집에서 말썽을 부릴 때 어떻게 하는지 물었을 때, 아빠는 "로즈는 집에서는 말썽을 부리지 않습니다. 제가 곁에 있는 동안에는요. 그러면 안 된다는 것을 알고 있거든요."라고 말했다가 "허허, 농담입니다."라고 덧붙였다.

내가 이런 것을 아는 것은 학교 심리상담소 사무실 밖의 대기실에서 앉아 있으면 면담에서 오가는 모든 말들을 들을 수 있기 때문이다. 나는 내가 들어서는 안 될 많은 것들을 들었고 누구도 들을 수 없는 많은 것들을 들었다. 왜냐하면 나의 청력은 매우 예민하기 때문인데 이것은 고기능자폐 증상의 일부다. 냉장고가 내는 소리나 쿠쉘 선생님의 노트북 컴퓨터가 내는 소리도 나를 괴롭힌다. 어느 날인가는 귀를 손으로 막고 이렇게 말한 적도 있었다.

"집중을 못 하겠어요! 제발 그것 좀 꺼 주세요."

"뭐, 그거라니?"

라이블러 선생님이 물었다.

"쿠쉘 선생님, 컴퓨터를 껐으면 좋겠어요."

라이블러 선생님이 가르친 대로 나는 분명하게 말했다. 내가 통제 불가능일 때 라이블러 선생님은 이렇게 말했다.

"로즈야, 네가 원하는 것을 분명하게 말해."

"왜 컴퓨터를 끄라고 하는 건데?"

내 앞에 앉은키 122.5센티미터인 조쉬 바텔이 물었다.

"윙윙거리는 소리 때문이야!"

"내 귀에는 안 들리는데."

조쉬가 말했다.

나는 딸깍거리는 소리, 윙윙거리는 소리 그리고 속삭이는 소리를 듣는다. 그리고 문이 닫힌 심리상담사의 방 안에서 나누는 대화도 듣는다.

***

쿠쉘 선생님은 지금 25일째 우리 담임 선생님을 하고 있다. 25일째가 되는 날 오후에 학급 학생들에게 공지하였다.

"아주 재미있는 과제를 내줄 거예요. 애완동물에 대해서 작문하는 겁니다."

"저는 애완동물을 키우지 않는데요."

플로우가 말했다. 플로우는 동음이의어 flow(흐름)와 floe (떠 있는 얼음) 때문에 기억하기 쉬운 이름이다.

쿠쉘 선생님은 미소를 지었는데 이 미소는 선생님이 플로우가 중간에 끼어든 것을 상관하지 않는다는 뜻이다.

"그것은 문제가 되지 않아요. 왜냐하면 어떤 애완동물에 대해서나 쓸 수 있으니까요. 만약 여러분이 애완동물을 기르지 않는다면 상상 속의 애완동물이나 다른 사람의 애완동물에 대해서 써도 좋아요."

쿠쉘 선생님은 종이를 나눠 주었고 나는 연필을 찾아들고 한동안 문을 쳐다보았다(stare:쳐다보다/stair:계단).

"로즈?"

라이블러 선생님이 불렀다.

"저는 지금 생각하고 있어요."

나는 선생님을 바라보지 않은 채 대답했다.

나는 레인에 대하여 쓰기 시작했다. 쿠쉘 선생님이 주제에 대하여 말한 것과 라이블러 선생님이 모든 주제에 동음이의어를 포함하지 말라고 한 것을 기억하려고 애썼다.

"시간 다 됐어요."

쿠쉘 선생님이 21분 5초가 지났을 때 말했다.

"누가 큰 소리로 읽어 볼까요? 작문이 다 끝나지 않아도 괜찮아요. 지금까지 쓴 것을 읽으면 돼요. 다 끝내지 못한 것은 오늘 밤 숙제로 하면 됩니다."

여자아이들 세 명과 남자아이들 두 명이 손을 들었다. 쿠쉘 선생님은 플로우의 이름을 불렀다. 플로우는 닭과 푸들을 교배해서 치커푸라고 부르는, 상상해서 만들어 낸 애완동물에 대하여 읽었다. 플로우 말에 의하면 치커푸는 꼬꼬댁하지도 않고 멍멍하지도 않고 꼬꼬멍한다는 것이다. 다들 웃는 동안 나는 치커푸(chickapoo)는 소수 단어가 아니고 글자마다 숫자를 더하면 81이 되는데 이것은 3으로 나누어지고 재미있기는 하지만 소수만큼 좋지는 않다고 생각했다.

다음으로는 네 마리의 열대어에 대하여 쓴 조쉬 바텔이 읽었다.

"지난여름에 엄마가 누나와 나(I)를 위해 처음 물고기를 사 왔어요." 라고 말했다.

나는 그 부분에서 끼어들었다.

"쿠쉘 선생님! 쿠쉘 선생님, 조쉬는 규칙을 위반했어요. '누나와 나(I)를 위해'라고 말했어요. 그건 틀린 거잖아요."

나는 소리쳤다.

"로즈, 다른 사람이 발표할 때 어떻게 해야 한다고 했지?"

"그렇지만 '누나와 나(me)를 위해'라고 써야 맞아요. 언제나 나(I)를 쓰는 것이 옳지는 않아요."

"로즈, 그것은 조쉬가 다 읽고 난 후에 말할 수도 있는 거야."

쿠쉘 선생님이 말했다.

라이블러 선생님은 조쉬가 읽기를 계속하고 있을 때 나를 보고 조용히 말했다.

"로즈, 잘한 점을 먼저 말한 후에 실수한 것을 말하는 게 좋아."

나는 고개를 숙였다.

"로즈?"

라이블러 선생님이 속삭였다.

나는 고개를 들지(raise:들어 올리다/rays:빛/raze:파괴하다) 않았다.

"조쉬는 규칙에 주의를 기울이지 않았단 말이에요!"

내 눈에서 눈물이 흐르는 것을 느꼈다.

"로즈……."

"쿠쉘 선생님은 9월 17일에 그 규칙에 대해 분명하게 말씀하셨어요."

나는 팔에 고개를 묻으며 크게 말했다.

"복도로 좀 나갔다 올래?"

내가 갑자기 일어서서 의자를 뒤로 확 밀치는 바람에 의자가 모간의 책상에 부딪혔다.

"야!"

모간이 소리를 질렀다.

나는 내 머리 오른쪽을 손바닥 끝으로 한 번, 두 번, 세 번, 네 번 쳤다.

조쉬는 아직도 열대어 애완동물에 대하여 읽고 있었지만 대부분의 아이들은 나를 보고 있었다.

라이블러 선생님은 나를 문가로 데리고 가 복도에 세웠다.

"자, 로즈. 좀 진정해."

나는 아빠가 금요일에 받는 보고서에서 이 사건에 대해 읽게(read/reed:갈대) 될 것이라고 생각했다.

09

내 옆에 앉는 라이블러 선생님

라이블러 선생님은 거의 언제나 내 곁에 있다. 선생님은 쿠쉘 선생님 수업 시간에 내 옆에 앉아 있고 화장실이나 운동장에 갈 때도 같이 간다. 하트포드 초등학교에 다니는 5학년 아이들 중에는 나만 보조 선생님이 있다. 이걸 보면 대부분의 5학년 애들은 보조 선생님이 필요 없다는 거다. 그런데도 반 아이들이 쿠쉘 선생님에게 “로즈만 특별한 관심을 받는 것은 공평하지 않아요.”라고 말하는 것을 두 번이나 들었다. 그 말을 한 첫 번째 사람은 레노라 테데스코였고, 두 번째 사람은 조쉬 바텔이었다.

라이블러 선생님은 식당에서도 내 옆에 앉아 점심을 같

이 먹는다. 나는 항상 같은 점심 메뉴로 사과 한 개, 참치 샌드위치와 우유를 산다. 라이블러 선생님은 도시락을 갖고 오는데, 매일 다른 것을 싸 온다. 어떨 때는 샌드위치를 가져오고 어떨 때는 먹다 남은 국수 같은 것(라이블러 선생님이 파스타라고 부르는)이나 닭다리, 연어, 쌀밥과 야채 같은 것을 가져온다. 라이블러 선생님은 항상 "로즈야, 맛 좀 보겠니?"라고 말하고 나는 다양한 점심을 먹는 것을 좋아하지 않기 때문에 항상 거절한다.

월요일마다 라이블러 선생님은 그 주의 나의 점심 친구로 반에서 두 명의 아이들을 뽑는다. 선생님은 누구나 공평하게 차례가 돌아오도록 명단에 기록을 한다. 보통 선생님이 점심 친구를 발표할 때에는 누구도 아무런 말을 하지 않는다.

식당에서 줄을 설 때 라이블러 선생님은 내 뒤에 선다. 내가 사과와 샌드위치 그리고 우유를 받아오면 선생님과 나는 자리를 잡고 앉고 점심 친구들도 점심을 받아 같이 앉는다.

그날은 월요일이었고 나의 새로운 친구는 플로우와 앤더스였다. 플로우(33)는 3으로 나누어지고 앤더스(61)는 소수다.

라이블러 선생님이 "로즈?" 하고 고개를 끄덕였다.

나는 사과 한 입을 베어 씹은 후 말했다.

"나는 북동향의 집에 살고 있어. 너희 집들은 어느 쪽을 향해 있니?"

라이블러 선생님이 나를 보고 눈썹을 추어올리자 나는 말을 할 때 플로우와 앤더스를 쳐다봐야 한다는 것을 기억해 냈다. 그래서 나는 테이블 쪽으로 다가가 그 아이들의 눈을 똑바로 쳐다보며 다시 말했다.

"너희 집들은 어느 쪽을 향해 있니?"

플로우는 어깨를 으쓱하고는 뒤로 물러났다.

"음, 잘 모르겠는데."

플로우는 라이블러 선생님이 파스타가 든 용기의 뚜껑을 여느라 바쁜 것을 보고 앤더스를 흘낏 쳐다보았다. 앤더스도 플로우를 향해 눈을 깜박이며 말했다.

"나도 잘 모르겠어."

나는 잠깐 생각을 했다. 그러고는 앤더스에게 말했다.

"너의 집이 어느 방향을 향하고 있는지 모른다는 거야? 아니면 플로우의 집이 어느 방향을 향해 있는지 모른다는 거야?"

앤더스는 입술을 앙다물고 있었다. 아마도 웃지 않으려고 애쓰고 있는 것이라고 나는 생각했다.

"나는 뭐든 어느 방향을 향하고 있는지 모르겠어."

라이블러 선생님은 파스타를 셔츠에 조금 쏟았다. 갑자기 일어서며 말했다.

"잠깐 실례할게. 금방 올 거야."

"너는 왜 뭐가 어떤 방향을 향하고 있는지 관심을 갖는 거니?"

우리끼리 남게 되자마자 플로우가 말했다.

라이블러 선생님은 이 질문에 대해서는 미리 준비를 시켜 주지 않았다. 나는 "너(you), 주목(yew) 그리고 암양(ewe)은 동음이의어야."라고 말했다.

"와 그거 정말 대단하다."

앤더스가 대답했다.

플로우는 킥킥거리기 시작했다.

"동음이의어에 대해서 제발 좀 더 말해 줘."

나는 먹던 사과를 내려놓았다.

"내 목록에는 축약된 것은 포함하지 않았어."

나는 애들에게 알려 주었다.

"너희들 주식회사(Inc.:incorporated의 줄임말)가 사실 잉크(ink)랑 동음이의어란 걸 아니?"

"당연히 모르지."

플로우가 말했다.

라이블러 선생님이 한 움큼의 냅킨을 가지고 자리로 돌아왔다.

"라이블러 선생님, 라이블러 선생님!"

나는 말했다.

"플로우와 앤더스에게 동음이의어의 축약 규칙에 대해 말해 주고 있었어요."

라이블러 선생님은 유리잔 너머로 나를 쳐다본 후, "대화의 방향을 좀 바꿔볼까? 동음이의어 아닌 것으로. 말하자면……" 하고 말했다.

나는 라이블러 선생님이 나의 점심 친구들 앞에서 대화를 시작하는 말들에 대해 말하는 것을 원하지 않았다. 약간 울고 싶은 기분이 들었으나 울지 않았고 머리를 치지도 않았다. 대신 나는 말했다. "나는 레인이라는 이름의 개가 있어. 너희도 애완동물이 있니?"라고 물어보려 했을 때, 작문 시간과 플로우의 치커푸에 대해 기억이 났다.

"레인은 개밥을 먹어."

나는 계속해서 말했다.

"꼬꼬멍하고 우는 치커푸는 뭘 먹니, 플로우?"

플로우는 다시 낄낄거리기 시작했다. 그렇지만 이번엔 진짜 웃음이었다.

"너 기억하는구나!" 하고 소리 질렀다.

플로우는 잠시 생각한 후 마침내 말했다.

"음…… 꼬꼬멍하고 우는 치커푸는 초그 음식을 먹어."

"초그 음식?!"

앤더스가 소리쳤다.

"아, 초그는 치킨과 도그를 합한 거구나."

앤더스는 웃기 시작했고 라이블러 선생님도 웃었다. 이제는 슬퍼지는 게 아니라 라이블러 선생님과 선생님이 알려준 대화를 시작하는 말에 대해 행복함을 느꼈다. 아빠가 웰든 삼촌이 나를 학교에 태워다 준다고 했을 때 기뻐하면서도 웰든 삼촌이 먼저 해결책을 생각해 낸 것에 대해 화가 난 것과 똑같이 말이다.

10

앤더스는 규칙을 따르지 않아

쿠쉘 선생님과 32일째 되는 날, 나는 라이블러 선생님의 가방에서 울리는 휴대 전화의 윙하는 소리에 대해 한마디도 하지 않고 수학 학습지 두 장을 끝마쳤다. 내가 마지막 문제를 풀고 라이블러 선생님을 돌아봤을 때, 선생님은 "멋져, 로즈. 오늘은 아주 집중을 잘했어."라고 말했다.

시계를 흘낏 보았더니 수학 시간이 4분 남아 있었다.

"피자 게임하고 놀아도 될까요?"

내가 물었다.

라이블러 선생님은 수학 게임이 진열된 선반을 보더니 말했다.

"누군가 그 게임을 하고 있구나. 선반 위에 없어. 그 대신 하고 싶은 다른 게임은 없니?"

"아무것도 없어요. 피자 게임을 기다릴 거예요."

나는 수학 시간에 남는 시간이 있으면 언제나 피자 게임을 했고 라이블러 선생님도 그것을 알고 있었다.

나는 몇 분 동안 내 책상에서 참을성 있게 기다렸다. 그리고 자리에서 일어나 피자 게임을 찾아 교실을 돌아보았다.

"저기 있다!"

나는 외쳤다.

"라이블러 선생님, 앤더스의 책상 위에 있어요. 지금은 가지고 놀지 않고 마틴과 얘기하고 있어요."

"진정해."

라이블러 선생님이 말했다.

"앤더스에게 이제 네가 갖고 놀아도 되는지 물어보렴."

"더 이상 가지고 놀지 않을 때는 선반 위에 다시 가져다 놓아야 해요!"

나는 교실 문 옆에 붙여 놓은 쿠쉘 선생님의 규칙을 가리켰다.

"보세요! 6번 규칙. '모든 게임, 준비물, 미술 도구 그리고 책은 더 이상 사용하지 않을 때에는 정해진 장소에 다시 놓아둘 것' 앤더스는 규칙을 위반했어요!"

"앤더스가 고의로 규칙을 위반한 것 같지는 않은걸."

라이블러 선생님이 말했다.

"앤더스는 벌을 받아야 해요."

나는 말했다.

"쿠쉘 선생님이 그 문제에 대해 나중에 말씀하실 거야."

앤더스는 이제 나를 보고 있었다. 다른 아이들도 마찬가지였다. 앤더스는 피자 게임을 나에게 내밀었다.

나는 받지 않았다.

"이건 공평하지 않아요. 나는 게임을 기다리고 있었는데 이제 수학 시간이 끝나 버렸어요."

"미안해, 로즈."

앤더스가 말했다.

나는 내가 한 학습지를 들어서 손톱으로 꾹꾹 눌렀다.

"로즈야, 학습지를 이리 줘."

라이블러 선생님이 말했다.

나는 울기 시작했다.

"나는 참을성 있게 기다리고 있었단 말이에요."

"나도 알아. 그렇지만 학습지를 찢으면 안 돼. 그걸 이리 주고 복도로 같이 나가서 마음을 가다듬자."

라이블러 선생님은 학습지를 쿠쉘 선생님의 책상에 놓았다. 그러고는 나를 데리고 복도로 나갔다. 교실 문을 나가면서 나는 문 옆에 붙어 있는 규칙 목록을 손가락으로 쿡 찔렀다.

"6번 규칙! 6번 규칙!"

나는 울었다.

11

레인이 교실에 왔던 날

33일째 되는 날 웰든 삼촌은 쉐보레 몬타나를 몰고 우리 집 앞 진입로에 8시 16분에 들어섰다. 삼촌은 레인과 내가 현관 앞에 앉아 있는 것을 보고 창밖으로 왼손을 내밀어 흔들었다. 그러고는 머리를 내밀어 외쳤다.

"로즈, 레인도 데리고 와. 삼촌이 오늘 일하러 안 가니까 레인이랑 같이 놀 수 있어."

이것은 정해진 일상에서 벗어나는 것이다. 나는 잠시 동안 현관 앞에 서서 레인(Rain/Reign/Rein)을 바라보았다.

"어서!"

삼촌이 재촉했다.

"레인하고 재미있게 보낼 거야. 외롭지 않게."

"알겠어요."

아빠는 이미 카센터에 출근했기 때문에 나는 집 문을 잠그고 레인을 트럭으로 데리고 갔다.

레인은 하트포드 초등학교로 차를 타고 가는 동안 웰든 삼촌과 나 사이에 앉았다.

"네 동음이의어 목록에 'build(짓다)'와 'billed(부리를 가진)'가 있니?"

우리가 28번 도로변에 있는 커피 컵이라는 카페를 지날 때 삼촌이 물었다.

"어젯밤에 내가 생각해 낸 거야."

"예, 있어요. 그 쌍을 정말 좋아해요"

내가 말했다. 레인은 앞발 하나를 내 무릎에 올려놓았고 나는 레인의 발가락을 쓰다듬었다.

"레인하고 오늘 뭐 하실 거예요?"

"내가 장작을 쌓는 동안엔 마당을 뛰어다닐 거고 그다음엔 산책을 할 거야."

"좋아요."

비록 이런 것이 정해진 일상은 아닐지라도 나는 레인이 웰든 삼촌과 재미있는 하루를 보낼 수 있어서 좋았다.

우리가 학교 앞 도로에 도착했을 때 삼촌이 말했다.

"로즈야, 오늘도 좋은 하루가 되길 바란다. 이따 2시 42분에 레인과 함께 만나자."

삼촌은 자동차에서 내리는 구역에 접어들자 내 무릎을 가로질러 문을 열어 주었다.

"안녕."

내가 말했다. 트럭에서 뛰어 내리기 전에 웰든 삼촌과 나는 손가락을 꼰 손으로 서로의 가슴을 살짝 쳤다.

나는 정문에서 나를 기다리고 있는 라이블러 선생님에게 달려갔다.

"안녕, 로즈!"

선생님이 말했다.

우리는 나란히 복도를 지나 쿠셸 선생님의 교실로 서둘러 걸어갔다. 플로우가 "어머나 개!"라고 말할 때, 나는 이미 스웨터를 옷걸이에 걸고 가방에서 숙제를 꺼내고 있었다.

플로우가 출입문을 가리켰고 나는 뒤돌아 문을 바라보았다.

거기, 학급 규칙의 목록 아래에 레인이 있었다.

"레인!"

나는 소리쳤다.

"어떻게 여기까지 왔어?"

"네가 기르는 개야?"

앤더스가 물었다.

레인은 나를 보고 교실을 가로질러 잰걸음으로 내 책상 앞으로 왔다.

"응."

내가 말했다.

"네 작문에 나오는 그 개니?"

조쉬 바텔이 물었다.

"응."

내가 말했다.

"어떻게 여기에 왔어?"

플로우는 알고 싶어 했다.

나는 머리를 흔들었다.

"아마 나를 따라왔나 봐."

레인은 웰든 삼촌이 트럭 문을 닫기 전에 뛰어내렸음이 분명했다.

"그렇지만 어떻게 네가 여기 있는 것을 알았을까? 너는 개가 나타나기 한 2분 전에 도착했잖아."

파르바니라는 이름의 여자애가 상기시켰다.

"아마 코로 냄새를 맡고 왔을 거야."

나는 대답해 주었다.

나는 마룻바닥에 앉아서 레인을 팔로 감싸 안았다. 레인은 내 이마를 몇 번 핥고는 따라 앉았다.

"정말 귀엽다!"

플로우가 외쳤다. 그녀도 마룻바닥에 앉았다.

"쓰다듬어 봐도 돼?"

"응"

플로우는 레인의 등을 손으로 쓸어내렸고 레인은 웃는 얼굴을 하고 있었다.

"몇 살이니?"

조쉬가 물었다. 조쉬도 우리와 같이 앉았는데, 이렇게 해서 쿠쉘 선생님의 교실 바닥에 세 사람과 한 마리의 개가 앉아 있게 되었다.

"잘 모르겠어. 아빠가 비 오는 날 밤에 발견하셨어. 그래서 몇 살인지 몰라."

"그럼 구조된 개구나?"

앤더스가 물었다.

내가 앤더스의 질문에 대답하기 전에 파르바니가 말했다.

"어떻게 냄새만으로 너를 따라왔지?"

"이 개는 후각이 아주 예민해. 모든 개들이 다 그렇지만. 난 레인이 특별하다고 생각해."

이제 모든 아이들이 우리를 에워싸고 있었다. 라이블러 선생님과 쿠쉘 선생님까지도. 한꺼번에 다섯 사람이 레인을 쓰다듬고 있었다.

이때 "실례합니다?" 하고는 곧바로 "오 세상에! 레인 너 여기 있었구나!"라고 웰든 삼촌이 말하는 것을 들었다.

삼촌은 우리 교실 문가에 있었다.

"레인이 나를 찾아왔어요."

내가 말했다.

"그러게 말이다. 네가 트럭에서 내릴 때 레인이 따라 내리고 싶어 했어. 내가 등을 잡고 있다가 차 문을 닫으려고 손을 떼자마자 뛰쳐 나가더라구."

웰든 삼촌은 쿠쉘 선생님을 돌아보고 말했다.

"소란을 피워 죄송합니다. 제 실수입니다. 오늘 아침에 레인을 데려오자고 한 게 저니까요."

쿠쉘 선생님은 웃음 띤 얼굴로 말했다.

"아닙니다. 별 말씀을 부리지도 않았는데요, 뭘."

"레인은 아주 뛰어난 코를 가졌어요."

플로우는 레인의 코를 쓰다듬으며 말했다.

"로즈야, 넌 정말 복도 많구나."

파르바니가 말했다.

쿠쉘 선생님은 그 뒤로도 3분에서 5분 동안 모든 아이들이 레인을 가서 볼 수 있도록 한 후에야 "자. 여러분. 이제 수업을 시작합시다. 레인에게 인사해요."라고 말했다.

웰든 삼촌은 주머니에서 개 줄을 꺼내 레인을 복도로 데리고 나가기 전에 목에 채웠다.

"잘 가, 레인! 안녕 레인!"

학급 친구들이 외쳤다.

그날 식당에서 점심 친구들과 나는 할 말이 아주 많았다.

12

동음이의어에 대해 덧붙이기

여기 멋진 동음이의어 몇 개를 소개한다.

grown(다 자란) / groan(신음소리를 내다)

fined(벌금을 내게 되다) / find(찾다)

wrapped(포장된) / rapped('랩을 하다'의 과거분사형) / rapt(완전히 몰입한)

patience(인내심) / patients(환자들)

마지막 쌍의 동음이의어가 재미있기도 하고 지루하기도 한 것은 단어 끝이 nce/nts로 끝나는 여러 쌍들이 있다는 사실이다. 예를 들면, independence(독립)/independents(독립한 사람들), presence(현재)/presents(선물), innocence(순수)/innocents(순수한) 같은 단어 쌍들이다. 이것이 재미있다는 의미는 이 패턴이 동음이의어를 찾아볼 만한 가치가 있게 만든다. 한편으론 지루하다. 왜냐하면 이 패턴이 새로운 동음이의어를 너무 쉽게 찾을 수 있게 하기 때문이다.

그래도 나는 여전히 모든 동음이의어를 좋아한다.

학기가 시작되고 34일째 되는 날 조쉬 바텔이 말했다.

"로즈, 넌 어떻게 동음이의어를 생각해내는 골치 아픈 일을 혼자 하려고 그러니? 있잖아, 재니스 조이너의 동음이의어 목록을 보면 수백 개가 있어. 구글에 가서 '동음이의어'라고 치기만 하면 목록이 끝도 없이 뜬다."

나는 조쉬가 말한 것에 대해 생각해 봤다. 조쉬의 말에는 두 가지 문제가 있다.

1. 조쉬가 나에게 목록을 컴퓨터에 저장하라고 제안했을 때, 아빠와 나는 컴퓨터가 없었고, 사실 지금도 없다.

2. 나의 동음이의어 규칙 가운데 두 번째는 나 혼자 생각

해 낸다는 것이다. 다른 사람이 해 놓은 목록을 보고 베끼는 것이 무슨 의미가 있을까? 내 목록은 독창적이다.

그러나 나는 조쉬의 눈을 들여다보며 말했다.

"네가 동음이의어에 관심을 가져 줘서 기뻐."

13

하루의 끝에서

방과 후 정해진 일과는 웰든 삼촌이 나를 학교에서 2시 42분에 태우고 우리 집에 2시 58분에서 3시 1분 사이에 내려주는 것이다. 레인은 내가 현관문을 열면, 위아래로 뛰고 내 손과 얼굴을 핥는 것으로 그리고 때때로 짖는 것으로 인사를 한다. 보통 인사가 끝나고 나면 우리는 현관 앞 벤치에 한동안 앉아 있는다. 만약 비가 오거나 날씨가 추우면 벤치에 앉아 있을 수 없다. 학기 시작 후 35일째 되는 날엔 벤치에 앉아 있지 않았다. 날씨가 서늘하고 안개가 껴서 6.5분 동안만 산책을 했다. 레인은 내가 돌아가려고 하자 줄을 잡아당겨서 더 오래 산책하고 싶다는 뜻을 알렸지만 그러기엔 너무 축축하고 땅도 질퍽했다.

"그 상자를 열어 볼 거야"

나는 억지로 나를 따라 마당으로 들어오는 레인에게 말했다.

겉옷을 넣어두는 벽장 선반에 모자 상자가 있다. 상자의 위와 바닥은 흰색 비단 수술로 같이 묶여 있다. 수술은 닳아 해어져서 그 상자가 오래된 것임을 알 수 있다. 그리고 색깔도 파랑색이었는데 세월이 지나 흐려져 이제는 옅은 회색빛이다.

상자 안에는 엄마가 떠나기 전, 엄마가 지니고 있었던 물건들이 들어 있다. 아빠는 내가 그 물건들을 살펴보는 것을 상관하지 않는다. 그래서 나는 거의 4개월마다 한 번씩, 그러니까 일 년이면 3번 정도 상자를 열어 물건들을 살펴본다.

나는 의자를 벽장으로 끌어다 놓고, 선반 위로 손을 뻗어 상자를 조심스럽게 내려놓는다. 그러고는 들어다가 식탁 위에 놓는다. 상자를 열기 전에 나는 엄마에 대한 단서라도 찾을 수 있을까 싶어 상자 바깥을 살펴본다. 하지만 아무것도 없다. 상자는 색이 점점 옅어지고 수술이 부풀려지는 것을 제외하면 언제나 똑같아 보인다. 나는 엄마가 상자에 뭔가 써

놓았더라면 하고 바란다. 말하자면 '이 물건들은 나에게 소중한 것입니다.' 또는 '로즈를 위한 선물'이거나 그도 아니라면 그냥 '보물들' 이렇게 말이다. 그러나 어떤 말도, 단서도 없다. 심지어 나는 이 상자가 엄마의 것인지 아니면 아빠가 그냥 엄마의 물건을 넣어 놓은 상자인지도 모른다. 아빠는 상자에 관해서나 그 안의 물건에 관해서나 더 이상 말하지 않을 것이다.

나는 수술들을 한 쪽으로 치우고 뚜껑을 열고 익숙한 물건들을 들여다본다. 하나씩 밖으로 꺼낸다. 그러고는 식탁 위에 왼쪽에서 오른쪽으로 줄을 지어 놓는다. 나는 언제나 은색 새 둥지가 달려있는 목걸이부터 시작한다. 둥지 안쪽에는 새의 알이라고 여겨지는 가짜 진주 세 개가 들어있다. 목걸이가 엄마에 대해 무슨 말을 해 줄 것인가? 아마도 엄마는 새나 새 둥지 혹은 새 알을 좋아하는 사람이었을 것이다.

다음으로 나는 그을린 원뿔 모양의, 나사송곳이라고도 부르는 조개껍질을 꺼낸다. 엄마는 나사송곳을 좋아했음이 틀림없다. 새, 새의 둥지, 새의 알들 그리고 나사송곳을 좋아한다.

세 번째로 내가 꺼내는 것은 검은 고양이의 사진이다. 사진 뒷면에는 미드나잇(Midnight:한밤중)이라고 적혀 있다. 나는 아빠가 레인을 집에 데리고 오기 전까지 집에서 고양이나 어떤 애완동물을 키운 기억이 없다. 나는 고양이를 좀 더 연구한다. 엄마는 새, 새의 둥지, 새의 알, 나사송곳, 사진 그리고 미드나잇이란 이름의 고양이를 좋아한다.

사진 다음으로 나는 두 개의 핀을 검사한다. 첫 번째는 은으로 로즈의 R을 새긴 작은 핀이다. 나는 엄마가 왜 이것을 가져가지 않았는지 궁금하다. 아마도 나를 기억하고 싶지 않았는지도 모른다. 어쨌든 엄마는 아빠와 나를 떠났는데 왜 우리를 생각하고 싶겠는가? 두 번째 것은 모자를 고정할 때 쓰는 핀이다. 나는 이런 것을 알고 있게 되었는데 아빠가 내가 아주 어렸을 때 나와 함께 상자를 뒤적거리며 이런 물건들에 대해 말해 주었기 때문이다. 이제 아빠는 그러지 않지만 예전에는 그랬다. 그래서 내가 R이 로즈를 뜻하는 것이라는 것과 두 번째 핀은 모자 고정용 핀이라는 것을 알고 있다. 모자 고정용 핀은 매우 큰 바늘처럼 생겼고, 끝에는 작은 시계가 달려있다. 시계는 작동하지 않고 시곗바늘은 물감으로 그려진 것이다. 시계는 7시 15분을 가리키고 있다. 언젠가 아빠에게 시계가 7시 15분을 가리키는 이유가 있는지 물었는데, 아빠는 "아니, 없어."라고 말했다.

나는 엄마가 동음이의어를 좋아하는지 알고 싶다. 그리고 소수와 규칙들을 좋아하는지도 궁금하다. 나는 내가 그런 것들을 좋아해서 엄마가 떠났는지도 알고 싶다.

모자 상자 안의 나머지 물건들은 물소가 그려진 5센트짜리 동전과 엘리자베쓰 파슨즈가 웨즐리 하워드와 하트포드의 제일예수교회에서 결혼한다는 것을 알리는 신문 조각, 내가 태어났을 때 손목에 채워졌던 팔찌 그리고 장미 무늬가 있는 스카프이다.

나는 엄마에 대해 더 많이 알았으면(knew:'알다' know의 과거형/new:새로/gnu:동물 누) 싶다. 나는 엄마가 어떻게 생겼는지 안다(know:안다/no:아니다). 소파 옆의 테이블 위에 엄마의 사진이 두 개 있다. 하지만 나는 엄마가 새와 새 둥지 그리고 새알, 나사송곳, 사진들, 미드나잇이라는 이름의 검은 고양이를 좋아하고 R글자, 7시 15분, 5센트 동전, 물소, 결혼식 청첩란, 병원에서 쓰던 팔찌, 스카프 그리고 장미를 좋아한다는 사실 말고 다른 것을 더 알고 싶다.

나는 부엌 벽에 걸린 시계를 본다. 오늘은 숙제로 세 장의 학습지를 해야 한다. 이제 숙제를 하고 그다음엔 저녁을 준비할 시간이다. 나는 엄마의 물건들을 이제 꺼낸 반대의 순서로, 스카프를 제일 먼저 넣고 목걸이를 맨 나중에 넣은 후 상자를 선반 위에 올려 둔다.

그리고 내가 레인의 젖은 사료에 마른 사료를 섞으면서 라디오를 켜자 기상캐스터가 일기 예보를 하고 있었다.

"…… 폭풍우가 다가오고 있습니다. 허리케인 수잔이 삼일(days:일/daze:멍해지다) 안에 상륙할 것으로 보입니다. 그리고 이 허리케인은 엄청난 위력을 가진 금세기 최대의 허리케인이 될 것으로 보입니다."

2부

폭풍우 이야기

14

날씨 채널에서 알려준 폭풍우

내가 허리케인 수잔에 대해 들은 날, 아빠는 5시 43분에 퇴근했다. 이 시간은 숫자의 순서가 5, 4, 3으로 거꾸로 된 것이라 신기했다. 그리고 좋은 시간이었는데 왜냐하면 아빠가 카센터에서 일을 마치고 아일랜드 사람의 행운에 들러 한 잔밖에 마시지 않았을 것이기 때문이다.

저녁 식사로 나는 냉동 닭다리와 쌀밥 그리고 우유를 준비했다. 레인은 이미 개 사료를 먹은 후였다. 아빠와 나는 부엌의 식탁에 마주 보고 앉았다. 레인은 내 의자 밑에 몸을 비좁게 끼워 넣고 앉았다. 나는 아빠의 눈을 똑바로 보았고 동음이의어에 대해서는 한마디도 하지 않았다.

"로즈, 왜 그렇게 아빠를 쳐다보니?"

아빠가 물었다.

"수잔이라는 초강력 허리케인이 오고 있어요."

내가 말했다.

"그걸 어디서 들었어, 웰든 삼촌한테?"

"텔레비전에서 하는 일기 예보에서요. 83번 채널이요."

아빠가 어깨를 으쓱했다.

"엄청난 위력의 허리케인이래요."

내가 덧붙였다.

"얼마나 엄청난데?"

나는 자세한 것을 듣지 못했다.

"세기의 허리케인이 될 초강력 허리케인이래요."

아빠는 다시 한 번 어깨를 으쓱했다.

"로즈, 우리는 내륙 지역에 살고 있어. 내륙 깊숙한 곳에. 폭풍우가 와도 우린 별로 영향을 받지 않을 거야. 허리케인은 해안에만 머물지. 어떨 때는 해안에 도달하지 못하기도 해. 뒤돌아서 바다로 빠져나가."

나는 잠깐 생각했다.

"83번 채널은 지역 방송이잖아요."

"응?"

"우리 지역 방송에서 초강력 허리케인이 온다고 했다고요."

아빠는 가끔 끙끙거리는 소리를 낸다. 끄응 이렇게 들린다. 지금 아빠는 끙끙거린다.

"끄응."

아빠는 우유를 한 모금 마시고 나서 말했다.

"좋아. 나중에 날씨 채널을 보자."

저녁 식사가 끝나자마자 나는 설거지를 하고 거실에 있는 텔레비전을 켰다.

나는 날씨 채널인 83번을 틀었다. 두 사람이 테이블에 앉아 있었다. 그 사람들의 이름은 화면에 적혀 있었다. 모니카 핀들리와 렉스 커프리시. 모니카와 렉스는 심각한 표정을 짓고 있었다. 그들 뒤로는 미국 지도가 있고 오른쪽에는 대서양에서 소용돌이치고 있는 허리케인 수잔인 듯한 커다란 붉은색 공 모양이 있는데 대양의 거의 전부를 차지하고 있었다.

모니카와 렉스는 종이를 뒤적거리면서 서로 이야기를 하고 있었다. 렉스는 뒤돌아서 소용돌이치는 붉은 공을 가리켰다. 그러다 갑자기 화면 왼쪽 편에 작은 네모 모양이 나타나고 이제 모니카와 렉스는 하몬드 그리폰이라는 제3의 인물과 이야기를 하였다. 하몬드 그리폰은 허리케인 전문가다. 두 번째 지도가 화면에 나타났는데 이번에는 너무 많은 것들이 진행이 되어서 나는 도저히 따라갈 수가 없었다. 나는 손가락을 눈 위에 올리고 엄지로 귀를 막았다. 이때 아빠가 방 안으로 들어가며 "로즈야, 그러지 마. 그렇게 괴로우면 그냥 텔레비전을 꺼."라고 말하는 것이 희미하게 들렸다. 그리고 아빠는 "무슨 일이야?" 하고 덧붙였다.

"아빠가 꺼 주세요."

나는 내 손을 움직이지 않은 채 아빠에게 말했다.

나는 텔레비전이 꺼지는 소리를 들었다.

"자, 이제 무슨 일인지 말해 봐."

나는 눈과 귀에서 손을 뗐다.

"화면에 너무 많은 것들이 있었어요."

나는 내 문제를 어떻게 하면 분명하게 표현할 수 있는지 생각하려고 애썼다.

아빠가 한숨을 쉬었다.

"뭐?"

"세 사람과 두 개의 지도. 그리고 너무너무 시끄러워요."

"네가 잠이 들면 아빠가 일기 예보를 볼게."

마침내 아빠가 말했다. 그리고 아빠가 물었다.

"폭풍우가 두려운 거니? 아니면 혼란스러운 거니?"

"겁을 먹은 건 아니에요."

아빠는 나를 향해 얼굴을 찌푸리고 또 끙끙거렸다

"끄응. 자, 들어 봐. 허리케인이 여기까지 오지는 않을 거다. 방송하는 사람들은 사람들이 자기네 프로그램을 보게 하려고 요란을 떠는 거야. 바람이 좀 불고 비가 오겠지. 그게 전부야."

"알겠어요."

"지금 잠자리에 드는 게 어떻겠니?"

"너무 이르잖아요."

나의 정해진 일상은 45분 동안 레인을 산책시키고 난 후, 잠옷으로 갈아 입고 잠자리에 드는 것이다.

"아무튼, 허리케인에 대해선 그만 생각해라."

"예, 알겠어요."

"잠시 나갔다 올게."

"예."

15

우리가 사는 곳

아빠가 아일랜드 사람의 행운에 가 있을 동안 나는 허리케인 수잔이라는 이름의 폭풍우에 대해 생각했다. 나는 하트포드가 대서양으로부터 몇 마일이나 떨어져 있는지 궁금했다. 지도를 봐야 했으나 날씨 채널을 다시 켜고 싶지는 않았다. 나는 조용한 집 안의 소파에 앉아서 한동안 레인을 쓰다듬었다. 그러다가 차고에 뉴잉글랜드의 지도가 있다는 것이 생각났다. 나는 운동화를 신고 손전등을 들고 마당을 가로질러 네모난 흰색 차고로 가는 길을 비추며 걸었다. 레인이 따라왔는데 나에게 아주 바짝 붙어서 다리에 레인의 어깨가 닿는 것을 느낄 수 있었다.

나는 차고의 불을 켜고 지도를 찾았다. 지도는 아빠의 작업대 위에 있었는데 아무렇게나 접혀 있어서 여러 방향으로 주름이 져서 지도를 펼쳐도 평평하게 되지 않고 여기저기 튀어나왔다. 나는 지도를 작업대 위에 펼치고 원래 접혀 있던 방향의 반대로 접었다가 다시 펼쳤다. 나는 손가락을 하트포드에 놓았다. 매사추세츠 주 전체와 뉴욕 주 일부가 내 손가락과 대서양 사이에 있었다. 아마도 아빠 말이 맞을지도 모른다. 어쩌면 우리는 허리케인이 피해를 입히기에는 너무 내륙에 살고 있는지도 모른다. 그렇다면 도대체 왜 날씨 채널의 기상 캐스터는 초강력 허리케인이 온다고 경고를 했을까?

나는 접힌 부분이 제대로 되게 지도를 다시 접고, 레인과 함께 차고를 나와 집으로 걸어갔다. 그리고 다시 소파에 앉았다. 나는 허드 로드와 우리 집 주변에 대해 생각했다.

내가 사는 곳에 대한 몇 가지 사실은 다음과 같다.

1. 허드 로드에 있는 건물은 아일랜드 사람의 행운, 제인앤알 카센터, 나와 아빠 그리고 레인이 살고 있는 우리 집, 우리 차고이다. 그것이 전부다.

2. 우리 집은 약간 높은 지대에 있다. 마당은 집에서부터 경사를 이루면서 허드 로드로 내려온다. 그리고 허드 로드는 제인앤알 카센터로 내리막길을 이루고 아일랜드 사람의 행운이 맨 아래쪽에 있다.

3. 우리 집 마당에는 여덟 그루의 키 큰 나무들이 있다. 네 그루는 단풍나무이고 두 그루는 참나무, 한 그루는 느릅나무 그리고 남은 한 그루는 자작나무다. 우리 집 뒤편으로는 숲이 우거져 있다.

4. 우리 집 주변에는 작은 개천들이 많이 있다. 개천들은 이름이 없다. 가장 큰 개천은 우리 집 마당과 길 사이에 있으며 허드 로드를 따라 흐른다. 이것은 우리 집 진입로 끝에 있는 작은 다리 밑을 흐른다. 지금까지 25센티미터 이상의 물이 흐르는 것을 본 적이 없다. 다른 작은 개천들은 허드 로드의 훨씬 더 위쪽에서 시작해서 우리 집 앞의 개천에 합류하여 아래쪽을 향해 흐른다.

이런 사실들은 동음이의어나 소수만큼 흥미롭지가 않다.

그저 정보일 뿐이다. 그러나 당신이 이 책의 뒷 장들, 예를 들어 허리케인 수잔이 온 다음 날의 이야기인 "19장 내가 불렀을 때 레인은 오지 않았다"를 읽으려면 알고 있어야 한다.

나는 허드 로드와 집 주변에 대한 생각을 끝냈다. 레인을 산책시킬 시간이다. 나중에 내가 잠자리에 들었을 때, 아빠의 차가 진입로에 들어서는 소리를 들으면서 레인을 내 쪽으로 끌어당겼다. 우리는 내륙에 산다, 나는 스스로에게 말했다. 이 사실은 좋은 것임(be:~이다/bee:꿀벌)에 틀림없다(must/mussed:헝클어지다). 나는 이 말을 하고 또 하고 반복했다.

우리는 내륙에 산다, 우리는 내륙에 산다, 우리는 내륙에 산다.

16

허리케인에 대비하는 법

아빠가 일기예보 채널에 나온 사람들이 자기네 방송을 보게 하려고 야단법석을 떤다고 말한 날이 월요일이다. 화요일에 아빠는 얼굴을 약간 찌푸리며 “왜 일기예보 채널에 나온 사람들은 허리케인의 경로에 대해 구체적으로 말하지를 않지?” 하고 말했다. 수요일에 아빠는 ‘끄응’ 하고 말했는데 4일도 넘게 허리케인의 경로를 보여주고 있다는 것을 기억도 하지 못했다.

오늘은 목요일이고 아빠는 집에 있다가 웰든 삼촌이 학교가 끝난 나를 데려다주러 왔을 때 마당에 나와 있었다. 아빠는 가스통이 가득 찼는지 확인하고 있었다. 레인은 현관 앞의 의자에서 아빠를 보고 있었다. 머리는 앞발에 내려놓고 있었지만 눈은 초롱초롱했다.

"안녕."

나는 삼촌에게 말했다. 그리고 나는 삼촌을 좋아하기 때문에 차에서 내려 차 문을 닫기 전에 트럭 쪽으로 몸을 숙여 삼촌의 눈을 똑바로 바라보며 분명하게 말했다.

"태워다 줘서 고마워요."

삼촌은 나를 향해 미소를 지었다.

"고맙긴. 내일 보자."

손가락으로 행운을 빌어주고, 가슴을 툭툭 쳤다.

삼촌은 차창으로 아빠에게 손을 흔들고는 차를 돌려 나갔다.

"아빠 일하러 안 가셨네요."

아빠에게 말했다.

"일하러 안 갔지. 매우 관찰력이 뛰어나구나."

이건 아마도(might/mite:조금) 빈정대는 것일(be:~이다/bee:꿀벌) 거다. 아빠가 나를 놀리는 것이다.

레인은 현관 앞의 의자에서 뛰어 내려와 나를 맞으러 왔다.

"읍내에 필요한 물건들을 사러 갈 건데 레인이랑 같이 따라갈래?"

아빠가 말했다.

"허리케인 수잔이 올 것에 대비해 생필품들을 사러 가는 건가요?"

"그래. 같이 가겠니?"

아빠가 다시 말하는 것은 아빠의 질문에 답을 하라는 신호였다.

"예, 그럴게요."

나는 말했다.

나는 트럭의 아빠 옆자리에 앉고 레인은 뒷자리에 앉았다. 우리는 허드 로드를 따라 내려갔다. 카센터를 지날 때 아빠는 카센터 주인 중의 한 사람인 제리에게 손을 흔들었다. 나는 왜 오늘 아빠가 일을 하지 않고 있는지 모르지만 나는 아빠에게 어떤 질문도 하지 않았다.

허드 로드의 끝에서 아빠는 방향 지시등을 켜지 않고 좌회전을 했다.

"아, 아빠, 방향 지시등을 안 켰잖아요!"

나는 외쳤다.

그러나 아빠는 나를 보지도 않고 “로즈, 그럴 수도 있단다.”라고 말했다.

우리 차가 하트포드로 진입하자 아빠는 철물점 근처의 주차장으로 방향을 틀었다.

철물점 안은 매우 붐볐다. 너무 많은 사람들이 물건을 사러 나와서 통로를 걷기도 힘들었다.

나는 내 손을 꽉 움켜잡았다.

“2, 3, 5, 7, 11, 13.”

나는 소수를 외기 시작했다. 천장을 바라봤다.

“그만해, 로즈.”

아빠가 말했다.

“rose(장미) / rows(줄), toad(두꺼비) / towed(‘당기다’ tow의 과거형), or(혹은) / ore(광석) / oar(젓는 노).”

“로즈, 그만하면 충분해. 뭐가 문제니? 이 안에 너무 사람이 많아서 그런 거야?”

“예.”

“트럭으로 다시 갈까?”

“모르겠어요.”

“그래도 네가 나를 좀 도와주면 좋겠다.”

아빠는 가게 구석의 조용한 곳으로 나를 데려갔다.

"사람들은 필요한 물건을 사면 나갈 거야. 아빠도 물건이 다 팔리기 전에 물건을 샀으면 좋겠다. 그래서 말인데 마음을 진정하고 아빠를 좀 도와줄래?"

아빠는 내 어깨를 잡고 약간 세게 힘을 주었다. 그리고 아빠의 얼굴을 내 얼굴에 아주 가깝게 대고 말했다.

"로즈? 제발 나를 좀 도와주겠니(please:제발/pleas:'호소' plea의 복수형)?"

"좋아요."

내가 말했다.

아빠는 수레를 가져오고 나는 우리에게 필요한 것에 집중했다. 식기세척기가 작동하지 않을 때를 대비한 종이접시와 종이컵, 세탁기가 작동하지 않을 때를 대비한 종이행주, 수도가 고장 날 때를 대비한 물 그리고 건전지를 크기별로 사고 라디오에 맞는 건전지와 손전등 그리고 여러 도구들을 샀다.

나는 아빠가 물건을 트럭에 싣는 것을 도왔다. 그리고 우리는 식료품점으로 가서 시리얼과 빵, 개밥, 깡통에 든 수프, 냉장고가 작동하지 않아도 상하지 않을 몇몇 음식들을 샀다.

식료품점에서 나와 우리는 주유소로 가서 연료통을 가득 채웠다.

***

그날 저녁 6시 21분에 샘 다이아몬드가 아빠에게 전화 했고 두 사람은 아일랜드 사람의 행운에서 만나기로 했다. 그래서 레인과 나만 집에 남게 되었다. 나는 날씨 채널을 틀어, 보지는 않고 듣기만 할 수도 있다는 것을 깨달았다. 나는 텔레비전을 등지고 앉아 렉스 카프리시가 허리케인 수잔이 한두 시간 안에 상륙하여 해안을 따라 북쪽으로 올라갈 것이 예측된다고 말하는 것을 들었다.

해안을 따라 북쪽으로.

우리는 내륙에 산다, 우리는 내륙에 산다.

나는 잘못 접혀진 뉴잉글랜드 지도 위에서 내 손가락과 대서양 사이에 존재하던 거리를 생각했다. 거기에다 날씨 채널의 라디오 방송까지 틀었다. 뉴스 진행자는 허리케인 수잔이 매우 강력한 허리케인이며 우리가 사는 지역에는 내일 밤쯤에 도착할 것이라고 말했다.

옳은(right)은 세 개의 동음이의어가 있는데 밤(night)은 한 개 밖에 없는 것이 재미있지 않은가?

나는 아빠가 물건들을 놓아둔 찬장 앞에 서서 세기 시작했다.

종이 행주 16개

화장지 24개

냅킨 큰 포장 2개

종이접시 4묶음

종이컵 2묶음

먹을 것들을 보았다. 나는 전기가 이틀, 나흘 그리고 일주일 동안 끊긴다면 우리가 가진 것들로 충분한지 궁금했다. 나는 만약에 나무들이 우리 집으로 쓰러진다면 어떻게 될지 궁금했다.

나는 레인을 산책시킬 시간이 될 때까지 레인과 소파에 앉아 있었다. 그리고 잠자리에 들어 레인을 팔로 끌어안았는데 레인이 숨을 쉴 때마다 가슴이 오르내리는 것을 느낄 수 있었다.

나는 손가락을 꼬아 행운을 빌고 손가락을 레인의 가슴에 대었다.

17

기다림

다음 날 아침 아빠가 나를 깨우며 말했다.

"로즈, 좋겠다. 오늘은 학교가 12시에 끝나네."

이것은 계획에 없는 일정이다. 학기 초에 알려주었던 학교의 일정에는 없던 일이다.

나는 얼굴을 찌푸리며 일어나 앉았다.

"왜요?"

아빠는 문간에 서서 침대에 있는 나와 레인을 보고 있었다.

"왜냐고?"

아빠가 따라 말했다.

"왜냐하면 이번 주 내내 네가 말하던 폭풍우 때문이지. 허리케인이 오늘 밤쯤엔 이 지역을 강타할 거라는구나."

"폭풍은 오늘 밤에 온다는데 왜 오늘 학교를 일찍 닫나요?"

"세상에, 로즈야. 아빠도 모르겠다만 사람들이 허리케인에 대비할 시간이 필요하지 않겠냐. 그냥 따지지 말고 따르면 돼. 오늘 학교는 반나절 일찍 끝나는 거야, 알았니?"

웰든 삼촌이 하트포드 초등학교까지 나를 태워 주었고 라이블러 선생님이 교실까지 같이 걸어서 데려다주었다. 모든 아이들이 초강력 허리케인인 허리케인 수잔에 대해 말하고 있었다. 허리케인이 남쪽에서부터 올라오고 있다. 4명의 사람이 목숨을 잃었다. 수천 명의 사람들이 살 집을 잃었다. 도시들이 물에 잠겼고 전봇대가 뽑혔다. 그 허리케인은 북쪽의 내륙으로 방향을 틀 것으로 예측되었다.

우리는 내륙에 살고 있다, 우리는 내륙에 살고 있다.

수잔의 알파벳 숫자는 74로 소수 이름이 아니다. 근래 들어 새로운 동음이의어를 생각해 내지 못하고 있다.

쿠쉘 선생님이 출석을 확인한 후, 허리케인에 대하여 이야기하고 싶은 것이 있는지 반 전체 학생들에게 물었다.

모든 아이들이 그렇다고 답을 했다.

"이 허리케인은 역사상 가장 큰 허리케인이에요."

조쉬가 잔뜩 기대에 찬 목소리로 말했다.

"벌써 죽은 사람들이 있어요."

파르바니는 불안한 듯 말했다.

나는 자리에서 일어나서 소리를 질렀다.

"2, 3, 5, 7, 11, 13!"

내가 '17'을 말하기 전에 라이블러 선생님이 나를 복도로 끌고 나갔다.

***

웰든 삼촌은 12시 17분에 집 앞 도로에 차를 세웠다. 보통 삼촌은 나를 내려주고 다시 직장으로 돌아가는데, 오늘은 아빠가 집에 올 때까지 나와 함께 기다려도 좋다고 특별히 허락을 받았다. 우리 둘 다 라이블러 선생님의 편지에 대해서 말하지 않았다. 나중에 아빠가 봉투를 열면 소수 사건에 대해 읽게 될 것이다.

오후 1시 21분에 아빠가 카센터에서 돌아오자 삼촌은

갔다.

"계속 연락합시다."

삼촌은 아빠와 나에게 말했다.

"허리케인은 그냥 지나갈 거야. 공연히 유난을 떠는 걸지도 몰라요."

"내일 전화하마."

아빠가 말했다.

웰든 삼촌이 찻길로 들어서자 나는 아빠에게 편지를 건넸다. 아빠는 우리가 현관에 서 있는 동안 편지를 읽었다. 그러고는 머리를 흔들었다.

"아이고, 로즈. 그놈의 소수는 너 혼자서 속으로 말하면 안 되겠니?"

***

아빠는 그날 쭉 집에 있었다. 저녁을 먹은 후에도 레인과 아빠 그리고 나는 밖에 서 있는 여덟 그루 키 큰 나무와 함께 집에 있었다.

이제는 바람소리를 들을 수 있었고 빗소리도 간혹 들렸다.

아빠가 날씨 채널을 켜자 나는 거실을 가로질러 텔레비전을 등지고 앉았다.

“이제 허리케인의 길목에 놓여 있구나. 비껴갈 수가 없겠어.”

아빠가 말하는 것을 들었다.

“모건이 오늘 규칙을 어겼어요.”

나는 뒤돌아보지 않고 말했다.

“모건은 손을 들지 않고 말했고 쿠쉘 선생님을 방해했어요.”

아빠는 대꾸하지 않았다.

“그리고 또 누가 규칙을 어겼는지 알아요? 조쉬예요. 학교 간 맨 첫날에도 소리를 질렀는데 소리를 지르는 것은 규칙을 위반하는 거예요.”

“이쪽으로 와서 보통 아이들처럼 텔레비전이나 볼래?”

“그리고 언젠가 앤더스가 날 넘어뜨렸어요. 일부러 말이에요. 그리고 플로우는 점심 먹는 줄을 두 번이나 새치기 했고.”

“로즈, 텔레비전 소리가 들리지 않아.”

“그리고 또…….”

아빠가 빠르게 일어섰다. 아빠는 나를 향해 리모컨을 던지려다가 다시 내려놓았는데 나는 아빠가 리모컨이 없으면 텔레비전을 켤 수 없다는 것을 기억해 냈기 때문이라고 생각했다.

"네 방으로 들어가라."

아빠가 말했다.

나는 아빠에게서 물러 났다. 레인은 나를 따라 침대로 왔다. 동음이의어 목록을 꺼냈다. 나는 그것을 여러 번 들여다보았다. 그러다가 거실에서 날씨 채널의 렉스 카프리시가 "화면 아래 쪽의 연결 주소를 확인하시기 바랍니다."라고 하는 말을 들었다.

나는 침대에서 뛰어 내렸다.

"레인! 연결(link)과 시라소니(lynx)! 새로운 동음이의어야!"

나는 목록의 L칸을 손가락으로 훑어보고 새로운 동음이의어를 쓸 공간이 없다는 것을 알았다. 목록을 다시 써야 할 것 같았다. L부터 새로 써야 했다.

나는 lane(길)/lain('눕다' lie의 과거분사형)을 쓰다가 n대신에 m을 쓰는 바람에 더 쓰지 못하고 펜을 집어 던졌다.

"2, 3, 5!"

나는 소리를 지르고 종이를 구겼다.

아빠가 어느 순간에 문간에 서 있었다. 아빠는 나를 보고 종이를 보았다.

"나는 그동안 여러 번 말했다."

아빠가 조용히 말했다.

레인이 아빠와 나 사이에 비집고 끼어들었다.

"만약 집에서 너 자신을 통제하지 못하겠거든 최소한 학교에서라도 통제해. 진절머리가 난다. 편지도 지겹고, 면담도 지겨워."

"그렇지만 내 동음이의어 목록이……."

아빠가 몸을 구부려 구겨진 종이를 집어 들었다.

"동음이의어에 대해선 한마디도 더 하지 마. 이것들 다 치우고 잠이나 자. 당장."

아빠가 문간을 떠나지 않아서 레인과 나는 그날 일정을 두 번이나 바꿔야 했다. 나는 옷을 입은 채로 이불 속으로 들어갔다. 레인은 조심스럽게 내 곁에 누웠다.

우리 둘은 모두 오줌이 마려운 것을 참아야 했다.

18

허리케인이 지나가는 소리

아빠가 내 방의 문을 닫자 레인과 나는 어둠 속에 누워 있었다. 문틈으로 들어오는 빛줄기를 볼 수 있었고, 날씨 채널의 소리도 들을 수 있었다.

나는 레인의 매끄러운 등에 손을 올려놓고 있었는데도 잠을 이루지 못했다.

바람 소리가 점점 커졌다. 마치 기차가 지나가는 것 같았다. 빗소리는 훌쩍이는 듯했다.

텔레비전에서 나는 소리가 사라지고 문틈으로 들어오던 빛줄기도 흐릿해져서 나는 아빠가 침실로 들어갔음을 알 수 있었다.

지붕 바로 위에서 천둥이 치는 것처럼 비가 더욱 세차게 내렸다. 내 옆에서 레인은 떨기 시작했다.

마당 안에(in/inn:여관) 있는 나무들은 삐걱거리고(creak/creek:개울) 갈라졌다. 나뭇가지가 와지끈와지끈 부러졌다.

무거운 것이 내 방 창문에 날아와 부딪혔다. 쿵 하는 소리가 나 레인을 끌어당겼으나 창문은 부서지지(break/brake:멈추지) 않았다.

나는 침대에서 일어나 발 끝으로 걸어 문으로 가 방문을 열고 귀를 기울였다. 거친 폭풍우 소리만이 들릴 뿐이었다. 나는 아빠 방문 주위를 잠시 바라보았다(peer/pier:부두). 문은 닫혀 있고 방문 틈으로 빛도 새어 나오지 않았다.

나는 내 방문을 열어 둔 채 침대로 돌아왔다.

앞 마당의 나무 한 그루가 부서지는 소리를 들었을(hear/here:여기) 때, 시계를 보니 오후 11시 34분이었다.

거친 돌풍이 현관문에 무엇인가를 내팽개쳤을 때는 오전 1시 53분이었다. 밖에 무엇이 남아있기나 한지 궁금했다. 레인은 침대가 흔들릴 만큼 떨고 있었다.

어디선가, 아마도 큰길 쪽에서인 듯, 뭔가 부서지는 엄청난 소리를 들었을 때는 오전 3시 10분이었다. 그러더니 시계가 깜박거리고 집안의 웅웅거리는 소리가 한꺼번에 멈추었다.

전기가 나간 것이다.

나는 레인을 있는 힘껏 꼭 끌어안고 있다 마침내 잠이 들었다.

일어나 보니 내 방 창문의 가림막 사이로 희미한 빛이 스며들고 있었다. 집안은 조용했다. 허리케인이 거의 지나간 것 같았다.

레인은 방 안에 없었다.

19

내가 불러도 레인은 오지 않았다

부엌의 조리대 위에는 전기가 아닌 건전지로 작동하는 시계가 있다. 둥글고 푸른색이며 가운데에 파도가 그려져 있다. 파도 위에는 애틀랜틱시라고 적혀 있다. 허리케인이 지나간 아침, 나는 살금살금 방에서 걸어 나와 더할 나위 없이 고요한 부엌으로 갔다. 처음 본 것이 조리대 위의 이 시계다. 바늘은 8시 5분을 가리키고 있었다. 다음으로 뒤돌아서 아빠의 방문이 열려 있는지 보았다. 방문은 닫혀 있었다. 나는 전화기를 집어 들고 신호음이 들리는지 귀에 대보았지만 아무 소리도 들리지 않았다. 숫자 몇 개를 눌러 보았으나 역시 아무 소리도 나지 않았다. 이제 우리 집에는 전기도 들어오지 않고 전화도 연결되어 있지 않은 것이다.

나는 거실의 창문으로 가 밖을 내다보았다. 날이 어두침침하고 축축하게 젖어 있었다. 비는 여전히 오고 있었는데 가볍게, 곧 그칠 듯 내리고 있었다. 나뭇잎들은 흔들리고 있었으나 바람이 지난밤처럼 으르렁대지는 않았다.

마당에는 자작나무와 느릅나무가 한 그루씩 쓰러져 있었다. 자작나무는 뿌리가 다 드러나 있었고 느릅나무는 땅바닥에 부러져 있었다. 느릅나무는 길을 가로질러 넘어져 전깃줄까지 감고 있었다. 참나무는 둥치 중간 부분까지 반으로 갈라지고 윗가지들은 부러져 서로 엉켜 있었다. 눈길이 가는 곳마다 나뭇가지와 잎들이 널려 있었다.

나는 인도와 찻길까지 둘러보았는데 다른 데와 마찬가지로 나뭇가지와 잎으로 덮여 있었고 큰길까지 이어져 있었다.

나는 숨을 깊이 들이마셨다. 허드 로드를 따라 물이 흐르고 있음을 깨달았다. 물이 그렇게 세차게 흐르는 것을 본 것은 처음이었다. "15장 우리가 사는 곳"에서 말한 대로 개울에는 25센티미터 이상의 물이 흐른 적이 없었다. 그러나 이제 물이 깊어서 둑을 넘어서고 허드 로드와 우리 집 마당의 낮은 지대를 넘어서까지 흐르고 있었다. 이제는 물살이 빠르고 세게 흘러 강처럼 불어나 다리 위로 넘실대고 있었다. 집으로 들어오는 진입로의 끝은 물에 쓸려 사라졌다. 튼실한 통나무 조각이 쪼개져 허드 로드에 팽개쳐져 있었다.

우리는 이제 집 안에 고립되었다. 물이 빠진 후에도 강은 여전히 흐를 것이며 강을 건너주던 다리는 부서져 버렸기 때문이다. 나는 아빠를 깨워도 괜찮을지 생각하며 돌아섰다. 아빠에게 다리에 대해 물어보고 싶었고 고립된 것에 대한 아빠의 생각을 듣고(hear/here:여기) 싶었다.

아빠의 방 문을 막 두드리려고 하다가 지금까지 레인을 보지(seen/scene:장면) 못했다는 것을 깨달았다. 레인은 부엌에도, 거실에도 없었다. 나는 내 방으로 가서 침대 밑을 보았다. 가끔 레인은 겁을 먹으면 침대 밑에 숨고는 했다.

레인이 없다.

화장실에 가 보았다.

레인이 없다.

부엌과 거실을 다시 한 번 들여다보았다.

"레인?"

나는 불렀다.

"레인?"

아무 반응이 없었다.

더 크게 불렀다.

"레이인?"

갑자기 아빠의 방문이 벌컥 열렸다.

"로즈, 소리 그만 질러라. 내가 내보냈다. 오줌 누겠다고 끙끙거려서."

"밖에 내보냈다고요? 언제요?"

"모르겠다. 한참 됐는데."

"다시 들였나요?"

"아니."

"왜 들이지 않았어요?"

"아주 아주 이른 시간이었어. 나도 자러 가야 했어. 아마도 현관 앞에 있을 게다."

나는 나무들과 강물과 찻길과 그 밖의 뒤죽박죽으로 널려 있는 것들에 대해 잊어버렸다. 나는 현관문을 있는 힘껏 열어젖혔다.

현관 앞 바닥은 젖어 있었다. 모든 곳에 빗물이 뚝뚝 떨어지고 있었고 의자도 푹 젖어 있었다.

레인은 그곳에 없었다. 나는 다시 레인을 불렀다. 그리고 맨발로 현관 앞으로 걸어나갔다. 계단 끝에 서서 아직도 어두운 아침을 향해 소리를 질렀다.

"레인! 레인!"

"레인! 레인!"

들리는 유일한 소리는 물방울 떨어지는 소리뿐이었다.

나는 아주 가파르게 숨을 헐떡거리기 시작했다.

나는 이것이 혼수상태에 빠지는 신호라고 생각을 했다.

"2, 3, 5, 7, 11."

나는 중얼거렸다.

"2, 3, 5, 7, 11."

20

내가 아빠에게 화가 난 이유

나는 식탁 의자에 앉았다.

레인에게 일이 생겼음이 분명했다.

아빠가 레인을 밖으로 내보냈고, 레인은 돌아오지 않았다.

레인답지 않은 일이었다.

길을 잃었을지도 모른다.

나는 다시 창가에 서서 미친 듯 흘러가는 물을, 부러진 나무들을, 지금은 연못처럼 보이는 앞마당의 바닥을 뚫어져라 쳐다보았다.

“찾았니?”

나는 화들짝 튀어 올랐다. 아빠를 보기 위해 뒤돌아섰다. 아빠는 런닝과 박스팬티를 입은 채 침실 문 앞에 서 있었다.

"레인을 내보낸 시간이 언제였어요?"

나는 물었다.

"그 말은 레인을 못 봤단 말이냐?"

"내가 불렀는데 오지 않아요."

"왜 그냥 내 질문에 답을 하지 않니? '예 아직 못 봤어요' 라고 말해."

"예, 아직 못 봤어요. 몇 시에 내보냈는데요?"

아빠는 목을 긁으며 식탁에 앉았다.

"정전이네. 전화도 끊겼냐?"

"나는 아빠 질문에 대답해야 하는데, 아빠는 제 질문에 대답 안 해도 돼요?"

아빠의 입술이 약간 비틀리며 비웃는 듯한 웃음이 슬쩍 어리는 것 같았다.

"7시 15분."

아빠가 말한 것은 이것이 전부였다.

7과 1 그리고 5를 더하면 13이 된다. 이것은 소수이다. 하지만 이번에는 소수라고 해도 전혀 좋다는 생각이 들지 않았다.

"레인이 1시간 넘게 없어진 거예요."

내가 대답했다.

"자, 이제 내 질문에 대답해. 전화도 끊겼니?"

"그래요. 레인이 나갈 때 왜 지켜보지 않았어요?"

"로즈."

"도대체 왜요?"

"로즈, 정말 너 때문에 미치겠다."

"저를 깨우지 그랬어요?"

"뭐라고? 레인이 나갈 때? 글쎄, 항상 레인 혼자서 나가고 현관으로 돌아왔잖아."

"허리케인이 몰아칠 때 나간 적은 없었어요."

"아직 아침 안 먹었니?"

"레인을 찾고 있었어요."

"아직, 아침을, 안, 먹었니?"

"안 먹었어요."

아빠는 저장해 둔 생필품을 끄집어내기 시작했다. 식탁에 종이 접시와 종이컵, 시리얼 통을 놓고 컴컴한 냉장고에서 우유를 꺼냈다.

"아직까지는 괜찮아."

아빠는 우유를 홀짝거리며 마시면서 말했다.

나는 창가에서 식탁 사이를 왔다 갔다 걸었다. 그러다 현관문을 열고 불렀다.

"레인! 레이인!"

"아침 다 차렸다."

아빠가 말했다.

"레인이 없어졌어요."

나는 안쪽으로 한걸음 물러났다.

아빠는 창가로 가더니 말했다.

"엉망이군."

"진입로 위의 다리가 쓸려 내려갔어요. 우리는 여기 갇혔어요."

"젠장."

"웰든 삼촌을 불렀으면 좋겠어요."

"삼촌은 뭣 하게?"

"레인을 찾는 것을 도와달라고 하려고요. 왜 레인이 나갈 때 지켜보지 않았어요?"

"그 질문에는 이미 대답했다, 로즈. 자 이제 먹자."

나는 창가에 섰다. 내 방으로 걸어갔다가 다시 부엌으로 돌아왔다.

"왜 레인이 돌아왔는지 확인하지 않았어요?"

아빠가 주먹으로 식탁으로 내려치는 바람에 우유 팩이 튀어 올랐다. 아빠는 애틀랜틱시의 시계를 보며 말했다.

"8시 반이군. 그리고 그 문제는 이미 얘기했다."

8시 반은 아빠가 나와 그 얘기를 한 시간이고 또한 내가 문손잡이에 걸려있는 레인의 목걸이를 발견한 때이기도 했다. 어젯밤에 내가 놓아둔 그대로. 아빠가 나와 레인을 소변도 보지 못 하게 하고 침대로 가게 하기 전에 말이다.

레인은 밖에서 길을 잃었고 목걸이도 하고 있지 않다.

어떤 표식도 갖고 있지 않다.

레인을 밖에 내보낸 사람은 바로 아빠다. 그게 바로 내가 아빠에게 화가 난 이유였다.

21

레인의 코

모든 개들은 코가 예민하다. 그러나 레인은 특별히 더 뛰어난 코를 가졌음이 틀림없다. 쿠쉘 선생님의 교실에서 나를 찾을 때까지 레인이 복도를 지나 나를 뒤따라 왔던 날을 생각했다. 레인의 코는 수십 명의 아이들과 선생님들의 냄새 가운데 내 냄새만을 골라내서 나를 쫓아온 것이다.

나는 파르바니가 "넌 정말 복도 많구나, 로즈."라고 말했던 것을 기억했다. 그 말은 내가 그렇게 영리한 코를 가진 개, 레인을 가져서 복이 많다는 뜻이었다.

나는 아빠가 준비해 준 시리얼을 먹을 수가 없었다. 식탁을 떠나 다시 현관문에 섰다.

"지켜보고 있으면 주전자는 절대로 끓지 않는다."

아빠가 말했다. 아빠는 시리얼을 후루룩거리며 먹고 미적지근한 콜라를 마셨다.

"뭐라고요?"

"그런 말 못 들어 봤니? 그 말은……."

아빠는 말을 멈추었다.

"그 말은 끄응, 거기 계속 서 있지 말라는 말이다. 레인은 때가 되면 돌아올 거야."

나는 뒤돌아서 아빠를 마주 보았다.

"레인은 아주 예민한 코를 가졌어요."

내가 말했다.

"끄응."

"정말이에요. 폭풍우 속에서 길을 잘못 들었을지 몰라도 코가 집으로 오는 길을 찾을 수 있게 해 줄 거예요."

"그럼 좋지. 이제 이리 와서 아침을 먹어라."

***

낮은 길고 어두웠다. 비는 그쳤고 바람도 불지 않았지만 해는 나오지 않았다. 집안은 추웠다. 아빠는 긴 바지와 두꺼운 셔츠를 입었다. 그리고 나무 난로에 불을 피웠다. 나는 레인이 함께 여기 있다면 더 따뜻했을 거라고 생각했다.

아침을 먹은 후에 나는 밖에 나가 레인을 찾으러 가도 되는지 물었다.

아빠는 앞쪽 현관에 서서 생각을 했다. 그리고 마침내 말했다.

"밖에 나가도 좋아. 그렇지만 우리 집 마당을 벗어나면 안 돼. 전선들이 바닥에 널려 있어서 감전될 수도 있어. 전깃줄 근처에는 절대 가까이 가지 말고 물 근처에도 가지 마. 한꺼번에 흐르는 물이 얼마나 힘이 센지 넌 아마 모를 거다."

"레인은 그런 물속에서 수영할 수 있을까요?"

내가 물었다.

"급물살 속에서? 아마 못할 걸."

나는 집 마당을 걸어서 돌아다녔다. 나는 외쳤다.

"레인! 레인! 레인!"

나뭇가지들을 건너뛰기도 하고 쓰러진 나무 위를 타 넘어야 하기도 했다.

레인의 흔적은 어디에도 없었다.

나는 허드 로드로 향하는 경사면을 걸어 내려가다 물가에 다다랐을 때 멈추었다. 우리 마당에 있는 물은 빨리 흐르지는 않았으나 얼마나 깊은지는 알 수 없었다. 길가의 물은 빨리 흘렀다. 아빠가 말한 대로 돌진하듯 흐르고 있었다. 나뭇가지를 던졌을 때 순식간에 사라져버리고 다시는 보이지 않았다.

나는 레인을 불렀으나 물소리가 너무 큰 나머지 나도 나의 목소리를 겨우 들을 지경이었다.

나는 안으로 들어갔다. 아빠는 식탁에 앉아 건전지를 넣은 라디오에 주파수를 맞추려고 애쓰고 있었다.

"고물이군."

방안에 웅웅거리는 소리가 퍼지기 바로 직전에 아빠는 중얼거렸다.

"되네요."

나는 말했다. 아빠가 나에게 관찰력이 뛰어나다고 조롱삼아 말했던 것을 기억했다. 아빠가 무슨 말이라도 할 것을 기다렸으나 계속해서 채널을 조작하고 있었다.

마침내 아빠는 홍수를 주의하라는 날씨 방송에 주파수를 맞출 수 있었다.

"이렇게 끔찍할 수가. 홍수주의보라니."

이 비꼬는 말은 라디오를 향한 것이다.

점심으로 우리는 각자 바나나 한 개와 굽지 않은 베이글에 땅콩 잼을 발라 먹었다. 그러고 나서 아빠가 말했다.

"마당을 치워야겠다. 그것밖에는 할 일이 없네."

"웰든 삼촌이랑 통화할 수 있으면 좋겠어요."

내가 말했다.

"할 수가 없어. 전화는 끊기고 길도 다닐 수가 없어."

***

우리는 오후 내내 마당에서 일을 했다. 어둑해질 때까지 나뭇가지들은 말려서 불을 피울 때 쓰기 위해 쌓아 놓았다. 나무들은 나중에 전기톱으로 잘라야 할 것이었다.

아빠는 어두운 집을 향해 걷기 시작했다. 나는 잠깐 동안 마당에 서서 둘러보았다. 어쩌면 어스름에 빛나는 레인의 눈을 볼 수 있을지도 몰랐다. 나는 바라보고 또 바라봤다(stare/stair:계단).

아무것도 없었다.

***

그날 밤은 잠을 이룰 수 없었다. 나는 침대에 누워 레인을 생각했다. 다섯 차례나 일어나서 혹시 레인이 코로 냄새를 맡고 집을 찾아온 것은 아닌지 현관에 나가보았다. 그렇지만 헛수고였다.

가까스로 잠이 들었고 아침에 아빠가 방문을 두드릴 때까지 깨지 않았다. 아빠는 방 안으로 들어와서 말했다.

"학교는 당분간 휴교일 거야."

아빠는 손에 건전지로 작동하는 라디오를 들고 있었다.

"현관에 레인이 있나요?"

내가 물었다.

아빠는 한숨을 쉬더니, "아니."라고 대답했다.

"오늘은 무슨 일을 할 건가요?"

아빠는 몸짓으로 창밖을 가리켰다.

"해가 떴다. 조금 따뜻해졌어. 마당에서 다시 일해야지."

"알겠어요. 그런데 당분간이라는 건 얼마나 길어요?"

아빠는 머리를 저었다.

"로즈, 당분간은 당분간이야. 그 사람들도 정확하게 모른다는 말이지."

그래서 당분간이라는 말 속에는 불확실하다는 것이 포함되어 있다는 것을 알았다. 나는 불확실한 것을 좋아하지 않는다.

“누군가 예측할 수도 없나요?”

나는 물었다.

“정말로 알고 싶어요.”

“힘들지. 기다려야 해.”

아빠는 라디오를 내밀었다.

“지금까지 라디오를 들었는데 어디고 할 것 없이 다 정전이야. 수백만 명이 암흑 속에 있는 거지. 수백만 명. 복구하는데 몇 주일이 걸릴 수도 있어. 그리고 네 학교는 전기가 복구될 때까지 열리지 않을 거야.”

그러나 나는 정해진 일정이 필요했다.

무엇보다도 나는 레인이 필요했다.

***

아빠와 나는 마른 시리얼과 크래커에 땅콩 잼을 발라서 아침을 먹었다. 그리고 나서 다시 마당으로 나섰다. 아빠는 쓰러진 나무들을 보았다. 나는 허드 로드 쪽으로 걸어가서 물을 바라보았다. 우리 마당 쪽의 물은 약간 줄어든 듯 보였다. 그러나 주변은 온통 콸콸거리며 물이 흘러가는 소리뿐이었다. 작은 개울은 쉭쉭거리며 으르렁거리는 시내가 되고 시내는 강이 되었다. 만약 강물이 우리 집 앞의 다리랑 다른 것들도 휩쓸고 내려갔더라면 어떻게 되었을지 상상이 되었다. 큰 것들, 작은 것들, 어쩌면 집도, 온갖 살아있는 생명체들까지도 말이다.

나는 여전히 허드 로드를 가로질러 놓여있는 전선을 보았다. 아일랜드 사람의 행운이 있는 방향을 보고, 길을 막고 있는 쓰러진 나무들을 보았다. 웰든 삼촌이 우리를 방문할 수 있게 될 때까지는 오랜 시간이 걸릴 것을 깨달았다.

늦은 오후, 사슬톱으로 나무를 자를 때 나는 윙하는 소리에 아빠도 지쳐가고 있을 때 길을 따라 누군가 오고 있는 것이 보였다.

"존!"

아빠가 외쳤다.

그 사람이 아빠에게 손을 흔들었다. 그는 길 가장자리로 힘겹게 걸어 우리 집 앞 다리가 놓여 있던 자리에 섰다.

"고립돼 있을 거라 짐작했네."

존 아저씨가 말했다. 아저씨는 소수 이름(47)을 가졌고, 아빠와는 아마도 아일랜드 사람의 행운에서 알게 된 사이일 것이다.

아빠는 한 손을 허리께에 얹었다. 아빠는 옷소매로 이마를 닦았다.

"그러게. 원상복구하려면 한참 걸리겠어. 이 시냇물 위에 임시로 다리를 하나 만들어야 할 것 같아. 무슨 소식 들은 거 있나?"

"인근의 홍수 피해가 끔찍하다네."

존 47이 말했다.

"읍내 전체가 폭우에 휩쓸렸어. 우리 쪽은 괜찮고 다른 지역 집들도 사라지고. 비난받아야 할 사람들이 많을 걸세. 집을 잃고 어디로 가야 할지 모르고 있어."

아빠는 머리를 저었다.

"온통 난리군."

***

아빠와 내가 잠자리에 들 때 나는 레인을 잃어버린 지 37

시간이 되었다는 것을 깨달았다. 또 하나의 소수지만 역시 좋지 않았다.

집 안이 추워서 여러 겹의 옷을 껴입고 침대에 누웠다. 그리고 밖에서 들리는 쏟아지는 물소리에 귀를 기울였다.

처음으로 나는 레인이 완전히 길을 잃어 끝내 집으로 돌아오지 못할지도 모른다는 생각을 했다.

22

틀림없이 일어났을 일들

나는 잠이 깬 채로 오랜 시간(time/thyme:사향초) 동안(for/fore:앞/four:4) 이불 속(in/inn:여관)에 누워(lie/lye:세제) 있었다. 잠을 잘 수가 없었다. 방 안은 매우 추웠지만 창문을 열어 젖혔다. 나는 콸콸거리며 흐르는 물소리를 들었다. 나는 언덕 위의 작은 물방울들이 개울에 합쳐져 흐르고, 개천이 되고 힘과 속도를 합해 마침내 강과 만나는(meeting/meting:처벌하다) 것을 상상했다. 그리고 나는 그 모든 물방울과 개울과 개천 그리고 강물이 허리케인 수잔이 닥친 기간 동안 내린 375밀리미터의 물과 만나 불어난 것을 상상했다. 그렇게 해서 12시간 동안에 이렇게 많은 비가 온 것이다. 375밀리미터. 허벅

지까지 닿을 정도다. 나는 비가 이만큼 왔다는 것을 건전지로 작동하는 라디오로 들었다.

나는 집 앞의 다리가 헐거워질 때 진입로의 모습을, 널빤지가 부서지고 허드 로드까지 떠내려가기 전에 어떻게 나무 판자가 금이 가고 갈라져 갔는가를 머릿속으로 그려보려고 노력했다. 아빠가 움직이는 물의 힘에 대해 말한 것과 존 47 아저씨가 물에 휩쓸려 간 집들에 대해 말한 것을 기억했다.

마침내 나는 레인에게 어떤 일이 생겼는지 알 것 같았다. 이것은 내 생각이다. 아빠가 폭풍우 속으로 레인을 나가게 한 후, 레인은 흐릿한 어둠 속에 마당을 가로질러 갔다. 레인은 매우 영리하고 매우 뛰어난 코를 가졌지만 마당 끝에 있는 물가에 가까이 가서는 안 된다는 것을 알지는 못했다. 그것은 레인에게는 새로운 것이었다. 레인은 호기심이 많아서 아마도 쏟아져 흐르는 물 냄새를 맡으려고 몸을 기울였을 것이다. 어쩌면 물속에 떠있는 것을 자세히 보려고 가까이 갔을지도 모른다. 아니면 그냥 물을 마시고 싶었는지도 모른다.

무슨 이유로든, 레인은 물에 너무 가까이 다가간 바람에 물이 레인을 휩쓸어버린 것일 수도 있다. 레인은 수영을 잘 하지만 저 멀리 강의 하류까지 떠내려가서야 물속에서 빠져 나

올 수 있었을지도 모른다. 겨우 물속에서 빠져나와 킁킁거리며 냄새를 맡아도, 익숙한 냄새를 맡을 수 없었을 것이다. 레인은 나와 너무 멀리 떨어져 있어 나의 흔적을 찾을 수 없었을 것이다. 바람이 불었고 물이 넘쳐흘렀으며 익숙하지 않은 냄새밖에 없었을 것이다. 레인은 혼란스러워 방향을 잘못 잡은 것이다. 레인은 어떤 길로 가야 할지 몰랐고 잘못된 길로 걷기 시작한 것이다.

결론적으로 레인은 우리 집에서 아주 먼 거리까지 떠내려간 것이다. 그렇기 때문에 레인이 나에게 돌아오는 데에도 아주 오랜 시간이 걸릴 것이다.

'어디에 있는 거니, 레인?'

나의 심장은 쿵쾅거리기 시작했다.

'2, 3, 5, 7, 11, 13…….'

3부

다음 이야기

23

아빠는 왜
나에게 화가 났나

그다음 날은 월요일이었는데 하늘은 파랗고 화창했다. 오전 8시에 기온은 소수인 화씨 59도로 온화했다. 마당을 등지고 현관 앞에 서면, 겨우 60시간 전에 엄청난 허리케인이 지나갔다는 것이 믿을 수 없을 정도이다. 그러나 뒤로 돌아서면 쓰러진 나무들과 축축한 잔디밭 그리고 우리 집으로 연결되는 다리도 없이 허드 로드를 따라 곧장 흐르는 시냇물이 보였다. 아빠와 내가 여전히 고립되어 있음을 상기시켰다.

또한 레인은 여전히 실종 상태였다.

또한 전기는 여전히 끊겨 있고 전화도 마찬가지였다. 냉장고는 제 기능을 못 해 어젯밤에 아빠는 냉장고와 냉동고에 있던 모든 것을 내다 버렸다. 이제 남은 얼음도 없고 변기를 내릴 물도 몇 양동이 남지 않았다.

"변기를 더 이상 내릴 수 없게 되면 어떻게 해요?"

내가 물었다.

아빠는 부엌의 식탁에 앉아서 깡통에서 막 꺼낸 참치와 사과 한 개 그리고 생강이 든 탄산수로 아침을 먹고 있었다. 아빠는 탄산수가 미지근해도 상관하지 않았다.

"숲에 가서 볼일을 봐야지."

아빠가 대답했다.

나는 아빠의 얼굴을 자세히 살폈다. 미소라든가 농담의 기미가 있는지 살폈다. 아빠는 농담하는 것 같지 않았다. 그래서 다시 물었다.

"어떻게 숲에서 볼일을 봐요?"

"무슨 질문이 그러니? 그냥 나무 뒤에서 누면 되지."

"나는 숲에서 오줌을 누고 싶지 않아요."

그것은 위생적이지 않다.

"으음."

"다른 방법은 없나요?"

"무슨 말이니?"

"나무 뒤에서 누는 것 말고는 어떤 방법이 있는데요?"

"글쎄, 모르겠다. 양동이에 눠."

그래도 조금 나은 방법인 것 같았다.

"화장실에 양동이를 둬도 되나요?"

아빠는 어깨를 으쓱했다.

"할 수 있으면 해 봐."

"예?"

이제 아빠는 한숨을 쉬었다. 짜증이 난다는 표시였다.

"무슨 말이냐면, 네 마음대로 하라는 말이다. 알았니? 화장실에 있는 양동이에 소변을 보는 것이 좋다면 그렇게 해. 그렇지만 양동이를 잘 비워야 할 거다. 내가 그것까지 해주진 않을 거야."

나는 아빠의 맞은편에 앉아 그릇에 시리얼을 부어 마른 시리얼을 먹었다.

"오늘은 무슨 일을 하게 되나요?"

나는 알고 싶었다.

"쓰러진 나무들을 톱으로 자르는 일을 계속할 거야."

"웰든 삼촌에게 갔으면 좋겠어요."

아빠는 창밖을 가리켰다.

"마술처럼 진입로의 다리가 생기기라도 했니?"

나는 고개를 돌려 창밖을 바라보았다.

"아니요."

"그러면 우리는 웰든에게 갈 수 없어. 이상. 토론 끝."

***

아침을 먹은 후에 아빠는 동력사슬톱의 연료 탱크를 다시 채웠다. 아빠는 쓰러진 나무 둥치를 자르는 윙윙거리는 소리 속으로 돌아갔다. 아빠는 내가 동력사슬톱의 10피트(feet:30.45센티미터/feat:업적) 이내로 다가가지 못하게 했는데 그건 나쁘지 않았다. 왜냐하면 톱이 내는 소리가 엄청나게 시끄럽기 때문이다. 내가 할 일은 작은 나무토막을 가져다 무더기로 쌓는 일이다. 소음을 참기 어려울 때면 손으로 귀를 막고 마당을 돌아다니며 잠시 쉬었다. 길가에 서서 물을 바라보았는데 이제는 물살이 그렇게 드세지 않았다. 나는 토요일에 레인이 얼마나 멀리 물에 떠내려갔을지 궁금했다. 그리고 레인이 물 밖으로 나와서 다른 방향으로 얼마나 걸어갔을지 알고 싶었다.

나는 동력사슬톱 소리가 멎기를 기다려 아빠를 불렀다.

“아빠, 허리케인이 온 날 레인을 밖에 내보낼 때 왜 저를 깨우지 않았어요?”

“오! 로즈, 제발. 그 얘긴 이미 끝나지 않았니?”

“그렇지만, 왜 안 깨웠어요?”

“이번 한번만 더 대답해 주고 다시는 그 얘길 듣고 싶지 않다. 내가 너를 깨우지 않은 것은 레인이 언제나 혼자 밖에 나갔다가 다시 돌아왔기 때문이야. 너를 깨울 필요가 없다고 생각했다. 게다가 폭풍우가 거의 멎어 있었어.”

“왜 레인이 밖에 나가기 전에 목걸이를 채우지 않았어요?”

“로즈, 그만!”

“하지만 이건 새로운 질문이에요. 목걸이에 대해서는 처음 물어보는 거예요.”

아빠는 동력사슬톱의 줄을 잡아당겼다. 아무 일도 일어나지 않았다.

“레인이 목걸이를 하고 있지 않으니까 아무런 표식도 없잖아요.”

내가 말했다.

“무슨 말인지는 알아.”

"그러니까 왜 목걸이를 문에 걸어 두었어요?"

아빠는 나에게서 돌아서서 머리를 흔들었다. 마당을 성큼성큼 걸어가더니 톱의 줄을 거칠게 잡아당겼다. 톱은 제트기가 날아가는 것처럼 큰 소리를 내며 돌아가고 나는 귀를 막았다. 손으로 귀를 막은 채 나는 10피트의 간격을 유지한 채 아빠 주변을 빙빙 돌았다. 그러고는 아빠에게 소리를 질러댔다.

"왜 목걸이를 채우지 않았어요? 왜?"

아빠의 표정이 굳어졌다. 아빠는 동력사슬톱을 끄고 바닥에 내려놓았다. 나를 향해 천천히 걸어왔는데 내안의 무엇인가가 도망치라고 말했다. 그래서 나는 뛰었다. 집안으로 뛰어들어가 문을 쾅하고 세게 닫았다. 창밖으로 내다보니 아빠는 톱 쪽으로 다시 돌아가고 있었다. 나는 사슬톱이 시끄러운 소리를 낼 때까지 기다렸다가 내 방으로 가서 침대에 누웠다.

때때로 내가 화가 났을 때 레인은 내 곁에 눕고는 했다. 머리를 내 어깨에 올려놓고 내 눈을 들여다 보았는데 이때는 내 뺨에 닿는 레인의 숨결을 느낄 수 있었다.

그렇지만 이제 레인은 여기에 없다. 아빠가 초강력 허리케인이 온 날 레인의 목걸이를 채우지 않았기 때문이다.

24

웰든 삼촌에게 전화를 걸다

그다음 날은 좋은 일이 생겼다. 아침 일찍 부엌으로 걸어 들어갔을 때 가장 먼저 알아차린 것은 냉장고가 '웅' 하는 소리를 내고 있다는 것이었다. 두 번째로 알아차린 것은 부엌이 따뜻하다는 것이었다. 세 번째는 아빠가 간혹 밤새 켜 둔 채 두는 거실의 작은 탁자 등이 빛나고 있는 것이었다.

전기가 들어온 것이다. 몇 주까지 걸리지 않고 이렇게나 빨리 들어온 것이다.

전화를 집어 들고 신호음을 들어보았다. 전화도 다시 연결되어 있었다.

나는 이 소식을 알리기 위해 아빠의 방문을 두드리려다가 애틀랜틱시의 시계를 보았는데 아직 6시 20분밖에 안됐다. 아빠를 깨우기엔 너무 이른 시각이었다.

그러나 삼촌에게 전화를 걸기에 너무 이른 시각은 아니었다.

삼촌이 졸리는 목소리로, 그렇지만 화가 난 것은 아닌 듯한 목소리로 대답했을 때 "웰든 삼촌!" 하고 외쳤다.

"저예요, 로즈! 모든 게 다시 작동돼요."

"로즈! 로즈!"

웰든 삼촌도 나만큼 흥분한 듯한 소리로 말했다.

"너 괜찮니?"

"예."

내가 대답했다. 내가 다치거나 하지는 않았으므로.

"내가 몇 번이나 너희 집에 가려고 차를 몰고 나갔는데 나무들이 너무 많이 쓰러져 있더구나. 도저히 뚫고 갈 수가 없었다. 어젯밤에도 마찬가지였고."

"우리 다리가 씻겨 내려갔어요. 그래서 우린 마당 밖으로 나갈 수가 없어요. 웰든 삼촌?"

"응?"

"레인이 없어졌어요."

"뭐?"

"레인이 없어졌어요."

나는 삼촌에게 아빠가 허리케인이 몰아치던 날 레인에게 목걸이도 하지 않은 채 밖으로 내보낸 것을 말했다.

"아, 로즈."

삼촌이 말했다.

"어쩌면 좋니? 거 참 속상하구나."

"어떻게 해야 할지 모르겠어요. 여기 갇혀 있어서 찾아다닐 수도 없어요. 그리고 전화가 작동을 안 해서 경찰에 신고도 못 했어요."

"경찰?"

"그래야 경찰이 레인을 찾을 수 있죠."

내가 말했다.

전화기 저편에서 짧은 침묵이 흐르고 이내 삼촌이 말했다.

"어쨌든 지금 경찰은 할 일이 아주 많을 거야. 도로도 치워야 하고 아직 물 때문에 집에 갇힌 사람들도 있고. 우리끼리 레인을 찾아야 할 것 같다."

삼촌은 잠깐 말을 멈추었다가 물었다.

"너는 정말 괜찮은 거야?"

"땅콩 잼과 참치 통조림에 좀 물리긴 했어요. 그리고 물이 떨어져서 양동이에 소변을 봐야 해요. 그리고 나무들이 몇 그루 쓰러지긴 했지만 집 위로 쓰러지진 않았어요."

"레인이 없어져서 어떻게 지내니?"

이 질문에는 어떻게 대답해야 할지 몰랐다.

"로즈?"

"음, 레인이 없어서 밥을 차려 줄 필요도 없고, 산책을 시켜주지 않아도 돼요."

"아니, 아니. 네 기분이 어떠냐는 말이야."

"나는 레인을 찾고 싶다고 생각해요."

"네가 많이 외로운 것처럼 들리는구나."

삼촌이 말했다.

이제서야 이해가 되었다.

"예, 걱정도 되고 슬프기도 해요. 웰든 삼촌, 잃어버린 개는 어떻게 찾아요?"

"우선 신문에 광고를 싣는 일부터 시작해야 할 것 같다. 개를 찾는다는 전단지도 붙이고. 하지만 그런 일들도 며칠 기다려야 할 걸. 전기가 들어온 것이 좋은 징조이긴 하지만."

전기가 들어왔으므로 그날 아침 아빠와 나는 텔레비전을 보았다. 뉴스 채널을 보았는데 하트포드에 있는 대부분의 도로가 그날 저녁까지는 복구가 될 것으로 예상한다고 했다. 학교가 다음 주 월요일에 문을 열 것이라는 소식도 들을 수 있었다.

“이제 웰든이 읍내까지 운전할 수 있지. 그러니까 필요한 물건들을 사다 달라고 해서 임시로 다리를 만드는 일을 시작할 수 있겠다.”

아빠가 말했다.

“아마도 삼촌이 식료품 가게에도 갈 수 있을 거예요.”

내가 덧붙였다.

“아마도. 우리가 가던 식료품 가게는 2미터 가까이 되는 진흙에 묻혔단다. 철물점도 마찬가지고. 삼촌이 뉴마크까지 가야 물건을 살 수 있을 것이야.”

***

그날 저녁엔 텔레비전 앞에서 저녁을 먹었다. 나는 뉴스 진행자가 “우정을 가장한 복잡한 범죄가 시작은 단순했습니다."라고 말하는 것을 들었다.

아빠를 향해 고개를 돌리고 나는 물었다.

"가장한? 가장? 철자가 어떻게 돼요?"

이 말이 흥미롭게 느껴졌다.

"내가 어떻게 알겠니?"

나는 낡은 사전을 찾아보았다. 찾는데 시간이 좀 걸렸다. 그러고는 내 방으로 달려가 내 동음이의어 목록에서 G로 시작하는 부분을 찾았다. 한 쌍을 추가했다.

guise(가장하다)/guys(사내들)

갑자기 나는 레인에 대해 희망이 샘솟는 것을 느꼈다. 학교에서 쓰는 공책을 펴고 새 페이지의 맨 위에 이렇게 썼다.

잃어버린 개를 찾는 법.

25

잃어버린 개를 찾는 법

똑, 똑, 똑.

다음 날 아침, 나는 누군가 우리 집 현관문 두드리는 소리에 잠이 깼다. 이제 전기가 들어오니 몇 시인지 알기 위해 부엌으로 나가 애틀랜틱시 시계를 볼 필요가 없었다. 침대에서 일어나 앉아 라디오 시계를 보면 되었다. 7시 42분. 누가 이렇게 이른 시간, 소수도 아닌 시간에 우리 집 문을 두드리는 걸까?

어쩌면 레인을 발견한 사람인지도 모른다! 그러나 나는 곧 아빠 때문에 레인이 목걸이를 하고 있지 않다는 것을 기억했다. 그러니 누가 레인이 어디에 사는지 알 수 있겠는가?

그렇다면 질문에 대한 논리적인 다른 대답은 그 방문자가 바로 웰든 삼촌이라는 것이다.

나는 거실로 달려가 현관을 내다보았다.

삼촌이 식료품이 가득 담긴 것으로 보이는 봉투를 들고 서 있었다.

나는 문을 활짝 열었다.

"로즈!"

웰든 삼촌이 외쳤다. 삼촌은 봉투를 내려놓고 나를 와락 감싸 안았는데 그 느낌은 내가 그럴 거라(might:~할 것이라/mite:잔돈)생각했던 것만큼 나쁘지(mind:신경쓰다/mined:채굴하다) 않았다.

"안녕, 삼촌."

나는 삼촌에게서 놓여나 혼자 섰을 때 말했다.

"어떻게 왔어요?"

"저 길 끝에 주차하고 폭이 좁은 곳을 골라 시냇물을 건너고 언덕을 올라 여기까지 왔지."

"와 줘서 고마워요. 저한테 계획이 있어요."

"그래? 어떤 계획인데?"

"레인을 찾기 위한 계획이요. 당장 실행에 옮길 거예요."

"내가 뭘 가지고 왔는지 알고 싶지 않니?"

"알고 싶어요."

나는 봉투 안을 들여다보았다. 과일, 우유, 버터, 상추, 당근.

"뉴마크에 있는 식품점에 갔어요?"

나는 물었다. 그리고 또 한번 고맙다고 인사해야 한다는 것을 생각해냈다.

"고맙긴. 당연하지."

삼촌이 나를 보고 미소를 지었다.

"그래. 어제 뉴마크에 갔었지. 차를 타고 꽤 가야 해. 거기 집들이 다 부서졌다고 하면 아마 믿기지 않을 거야. 완전히 부서졌어."

내 마음은 온통 개를 찾는 계획에 가 있었지만 뭔가 가슴속에서 느껴지는 게 있었다.

"사람들은 어디 있어요?"

"집이 부서진 사람들 말이니?"

"예. 그 사람들은 죽었나요?"

"세상에. 아니야."

웰든 삼촌이 말했다.

"임시 쉼터에서 살고 있지. 하트포드 고등학교가 쉼터로 쓰이고 있더라. 너는 월요일에 학교에 갈 수 있을 것 같은데 고등학교 학생들은 당분간은 학교에 가기 어려울 거야."

"사람들이 죽지 않아서 다행이에요. 아빠를 깨울까요?"

웰든 삼촌이 고개를 저었다.

"좀 더 주무시게 둬. 식료품을 정리하고 나랑 같이 아침을 먹자. 밥을 먹은 다음에 나는 트럭 둔 곳엘 가야지. 아빠와 함께 건축 자재들을 내려야 하거든. 아빠랑 오늘 임시 다리를 만들려고."

웰든 삼촌과 나는 부엌의 식탁에 앉아서 아침을 같이 먹었다. 아침을 다 먹었을 때, 우리는 손가락을 꼬고 손을 가슴에 대었다. 나는 내 방으로 가서 침대 위에 지도를 펼쳤다. 지도는 차고에서 가져온 뉴잉글랜드 지도다. 나는 지도가 이젠 제대로 접힌 자국이 반듯반듯한 직선 모양을 하고 있어서 기분이 좋았다. 그다음에는 전화번호부를 펼쳤다. 그것은 우리가 사는 도시의 전화번호부다. 어젯밤에 나는 전화번호부를 훑어보다 동물보호소 전화번호가 실린 난을 발견했다. 내가 생각했던 것보다 더 많았다.

내가 필요로 하는 모든 것들이 있었다.

지도, 전화번호부, 전화, 메모지 그리고 펜.

이제 나의 계획을 행동으로 옮길 때가 되었다.

잃어버린 개를 찾는 법

작성자: 로즈 하워드

1. 당신이 살고 있는 도시를 찾아 지도에 동그라미 표시를 한다
2. 개 보호소가 있는 지역에 동그라미 표시를 한다. (전화번호부를 참고한다.)
3. 각각의 지역 옆에 보호소의 이름을 적는다.
4. 콤파스를 찾아서 살고 있는 도시를 중심으로 원을 그린다. 원은 도시에서 24킬로미터 떨어진 곳까지 포함하도록 한다.
5. 48킬로미터 떨어진 곳까지 더 큰 원을 그린다.
6. 72킬로미터까지 더 큰 원을 그린다.
7. 96킬로미터까지 더 큰 원을 그린다.

8. 각 원 안에 있는 동물보호소의 목록을 만든다. 한 개의 원마다 한 개의 목록을 만든다.

9. 동물 보호소에 전화를 건다. 현재 살고 있는 도시에서 가장 가까운 곳부터 시작한다.

10. 개를 찾을 때까지 계속 전화를 건다.

나는 지도와 목록을 가지고 부엌으로 나왔다. 이제 아빠는 일어나 아침을 다 먹고 웰든 삼촌과 이야기를 하고 있었다. 나는 지도를 들어 올렸다.

"그게 뭐냐?"

아빠가 물었다.

"레인을 찾기 위한 계획이에요."

나는 아빠와 삼촌에게 원들과 목록을 보여주었다.

"가장 작은 원부터 전화를 걸기 시작해서 계속 해나갈 거예요."

"아주 조직적인데. 정말 훌륭한 계획이다. 게다가 너를 아주 바쁘게 만들 계획이구나."

아빠가 말했다.

아빠에게는 내가 바빠져서 레인을 목걸이도 없이 밖에 나가게 한 것에 대하여 더 이상 물어보지 않게 된 좋은 기회다.

"새로운 동음이의어를 찾았어요."

나는 공표하듯 말했다.

"guise(가장하다)와 guys(사내들)예요."

그러고 나서 나는 지도와 목록을 들고 내 방으로 와 문을 닫았다.

26

누군가 나를 부인이라고 부르다

내 목록의 첫 번째 보호소는 '삶을 안락하게 하는 친구들'이었다. 이름이 무슨 뜻인지 확실히는 알 수 없었지만 상관없었다. '삶을 안락하게 하는 친구들'은 고작 11킬로미터 떨어진 에핑엄 마을의 바깥쪽에 있었다. 나는 번호를 눌렀다.

"여보세요."

목소리가 말했다.

"여보세요."

내가 말했다.

"제 이름은……."

그러나 목소리는 계속해서 말을 했다. 마치 로봇이 말하는 것처럼 들렸다.

"홍수로 인해 '삶을 안락하게 하는 친구들'은 당분간 서비스를 중단합니다. 보호소에 있던 동물들은 임시로 벨빌에 있는 할러데이 여관으로 거처를 옮겼습니다. 나중에 다시 전화 주시거나 할러데이 여관으로 찾아오세요. 불편하게 해 죄송합니다."

목소리가 말을 멈췄다.

나는 목록을 내려다보았다. 나는 원래 보호소에 전화를 건 다음에는 하나씩 지워나가려고 계획했었는데 '삶을 안락하게 하는 친구들'은 실제로 거기에 있는 누군가와 통화를 하지 못했기 때문에 지울 수가 없었다. 다음에 다시 전화를 걸어야 할 것이다. 나는 전화를 건 내용을 표시할 항목이 필요하다는 것을 깨달았다. 잠시 생각한 후 '삶을 안락하게 하는 친구들' 옆에 오늘 날짜를 적고 그다음에 CB(Call Back)라고 적었다. 다시 전화를 건다는 의미다.

나는 목록의 두 번째 보호소인 '나를 구해주세요'에 전화를 걸었다.

"여보세요."

목소리가 말했고 나는 다음 말을 들으려고 기다렸다.

"여보세요?"

목소리가 다시 말했다.

그 목소리는 진짜 사람의 목소리가 틀림없었다.

"여보세요. 제 이름은 로즈 하워드입니다. 잃어버린 개를 찾고 있어요. 폭풍우가 온 날 밤에 잃어버렸어요."

"안녕, 로즈."

목소리는 친절했다. 여자 목소리라고 생각이 들었다.

"정말 안 됐구나. 개가 어떻게 생겼니?"

나는 레인의 생김새를 묘사하고 아빠가 강력한 허리케인이 온 날 목걸이도 없이 밖에 내보냈다는 사실을 덧붙여 말했다.

"오! 저런. 기다려 봐."

여자가 말했다.

"음, 레인과 닮은 개가 여기엔 없구나. 그렇지만 주인과 헤어진 개나 고양이들이 매일 들어오고 있으니 네 정보를 잘 적어 두었다가 누가 흰 발가락을 가진 금발의 작은 개를 데려오면 전화해 줄게."

"일곱 개의 흰 발가락이요."

나는 그녀에게 상기시켰다.

"그래, 일곱 개의 하얀 발가락. 그건 아주 좋은 표식이구나."

나는 여자에게 내 이름과 전화번호를 알려주고 며칠 후에 다시 확인하는 전화를 걸겠다고 말했다. 나는 목록을 다시 보았다. '나를 구해주세요' 옆에 CBIAFD(Check Back In A Few Days)라고 적었는데 그것은 며칠 후에 다시 전화한다는 의미다.

나는 목록에 있는 세 번째 보호소인 '털투성이 친구들'에 전화를 걸었다. 남자가 전화를 받았고 나는 레인에 대하여 말했다.

"저, 부인."

남자가 말했다.

"저희는 매우 작은 보호소라서 허리케인이 휩쓸고 간 이후에 개가 두 마리만 새로 들어왔어요. 푸들 한 마리와 요크셔테리어 한 마리요. 미안합니다."

나는 남자에게 내 이름과 전화번호를 알려주고 전화를 끊었다. 그리고 CBIAFD라고 썼다. 두 번째 목록으로 넘어가려면 일곱 군데나 더 전화를 해야 했다. 일곱 군데 모두 전화를 걸고 난 다음 종이 왼쪽 편에 일렬로 적은 것을 보았다. 그것은 다음과 같았다.

CB, CBIAFD, CBIAFD, CBIAFD, CB, NOATP(No One Answered The Phone 아무도 전화를 받지 않았다는 뜻), CB, CBI-AFD, MPWWTTAK(Mean Person Who Wouldn't Talk To A Kid 어린애하고는 말하지 않는 나쁜 사람이라는 뜻), CB.

아직까지 레인의 흔적은 없다.

***

나는 오전의 남은 시간도 보호소에 전화하면서 보냈다. 아빠와 웰든 삼촌은 임시 다리 만드는 일을 했다. 점심때 우리는 부엌에 앉아 냉장고에서 꺼낸 맛있고, 신선하고, 차가운 음식을 먹었다. 점심을 먹은 후 나는 다시 목록으로, 아빠와 삼촌은 다리로 돌아갔다.

오후가 다 지날 무렵, 나는 내 목록에 있는 모든 보호소에 전화를 다 걸었다. 심지어 몇 군데는 두 번이나 전화를 걸기도 했다. (어린애와 말하지 않는 나쁜 사람에게는 웰든 삼촌에게 부탁해서 전화를 걸게 할 생각이다.) 아무도 레인을 보지 않았다면, 아직도 레인은 떠돌고 있을 수 있다. 학교가 다시 시작되기 전에 더 많은 전화 통화를 해야 할 것 같았다.

***

웰든 삼촌은 저녁 식사를 같이 먹고 돌아가기로 했다.

"광고를 내는 것은 어때요?"

아빠가 핫도그를 그릇에 담아 줄 때 내가 말했다.

"광고라니?"

아빠가 물었다.

웰든 삼촌이 목을 가다듬고 말했다.

"내가 레인을 찾는 광고를 신문에 내면 어떨까라고 말했어요."

"끄응."

"아빠는 레인이 보고 싶지 않아요?"

내가 아빠에게 물었다.

"레인? 당연히 보고 싶지."

"그럼 왜 레인을 밖에 내 보냈어요……."

내가 말하기 시작했다.

아빠가 너무나 빨리 머리를 쳐들어서 나는 의자에 앉은

채 뒤로 물러났다.

웰든 삼촌이 얼굴을 찡그렸다.

“왜 그래요?”

“만약 한 번만 더 그 질문을 하면…….”

아빠가 말했다.

“맹세컨대 나는, 나는…….”

갑자기 아빠는 말을 멈췄다. 그리고 삼촌과 나를 쳐다보았다. 나는 삼촌의 눈에서 전에는 본 적이 없는 무엇인가를 볼 수 있었다.

“그만해요. 그만.”

삼촌이 아빠에게 조용히 말했다.

나는 의자에서 일어나 식탁 주위를 돌아다녔다.

“2, 3, 5, 7!”

나는 소리를 질렀다.

“진정해라, 로즈. 자리에 앉아.”

삼촌은 내 의자를 톡톡 치며 말했다.

“여기 다시 앉아서 저녁을 마저 먹어야지.”

“진정해, 로즈. 진정해. 여기 다시 앉아서 저녁을 마저 먹어야지.”

나는 삼촌을 따라 말했다.

"웰든 삼촌, 내 이름만 빼고는 동음이의어가 하나도 없는 말을 했어요."

아빠는 핫도그를 공중에 들고 삼촌과 나를 노려보았다.

"괜찮아, 괜찮아. 로즈."

삼촌이 말했다.

"뭔지 추측해 봐. 내가 오늘 새로운 동음이의어를 생각해 냈거든. 봐, 이거 어때? Packed(포장된)와 pact(약속)."

나는 아빠에 대해 잊어버렸다.

"그건 완벽해요!"

나는 기쁜 나머지 소리를 질렀다.

"모든 규칙에 딱 맞아요."

나는 잠시 생각했다.

"그리고 그 패턴을 따른다면, tacked(비어 있는)와 tact(재주)는 어때요?"

"훌륭해."

웰든 삼촌이 씩 웃는 얼굴로 나를 보았다.

"저녁을 다 먹은 후에 동음이의어 목록에 추가하자."

"좋아요."

나는 아빠를 흘낏 보며 말했다. 아빠의 기분이 어떤지 알아내려고 애쓰면서 나는 내가 레인이 된 느낌이 들었다.

"그거 알고 있었어요?"

저녁을 다 먹어갈 때 내가 말했다.

"우리 이름의 숫자를 다 더한 데서 레인 이름의 숫자를 빼면 177이 되는데 이건 소수가 아니란 거요."

웰든 삼촌은 이마를 찌푸리며 생각하는 듯 보였다. 잠시 후에 삼촌이 물었다.

"그것이 좋은 거니? 아니면 나쁜 거니?"

내가 대답을 하기도 전에 아빠가 말했다.

"도대체 누가 그런 걸 상관이나 하니?"

27

정말 정말 슬픈 내 이야기

월요일, 허리케인 수잔이 휩쓸고 지나간 지 열흘째 되는 날, 학교가 다시 문을 열었다. 할로윈이 왔다가 지나갔지만 누구도 알아차리지 못한 것 같았다. 웰든 삼촌이 정해진 시간에 집에 도착했다. 나는 앞쪽 현관에, 이제는 혼자서 삼촌을 기다리고 있었다. 이것은 오로지 폭풍우가 칠 때 아빠가 목걸이도 채우지 않은 채 레인을 밖으로 내보냈기 때문이다.

공기는 선선했고 날씨는 맑았다. 나는 삼촌의 트럭을 보자마자 마당을 가로질러 임시 다리로 뛰어가 덧대놓은 판자 위를 아주 조심스럽게 걸었다. 지금은 비록 물이 많이 줄긴 했어도 시냇물 속으로 떨어지고 싶지는 않았다. 우리 집 앞길에는 아빠가 샘 다이아몬드 아저씨한테 빌린 노란색 차가 주차되어 있었다. 임시로 만든 널빤지 다리 위로 차가 지나갈 수 없기 때문에 길에 주차해야 했다. 그래도 최소한 이제 집에 갇혀 있지는 않게 되었다.

나는 웰든 삼촌의 차에 올라타고 문을 닫자마자 발표하듯 말했다.

"Praise(칭찬하다), prays(기도하다) 그리고 preys(사냥하다)."

웰든 삼촌은 미소를 지었다.

"아주 좋아. 목록에 새 단어들을 넣을 여백은 있니?"

"예. 있어요."

"보호소에서 전화 온 것은 없고?"

나는 고개를 저었다.

"없어요. 아무 소식도."

"학교에 다시 가니 긴장되니?"

나는 잠깐 생각했다.

"예, 조금 그래요."

아빠가 어제 학교에 태워다 줘서 학교가 예전과 같다는 것을 확인했는데도 긴장이 되었다.

"무엇 때문에 긴장이 되는데?"

나는 머리를 흔들었다.

알 수 없었다.

***

라이블러 선생님은 쿠쉘 선생님의 교실까지 나와 함께 걸어서 데려다주었고 나는 내 책상을 보았다. 책상은 허리케인 수잔이 오기 전과 똑같아 보였다. 교실의 다른 것들도 마찬가지였다. 라이블러 선생님이 의자에 앉고 나도 내 의자에 앉았다. 나는 차분해지는 것을 느꼈다.

종이 울리고 쿠쉘 선생님이 교실 앞에 서서 우리를 향해 미소를 지었다.

"여러분, 안녕하세요?"

선생님이 말했다.

"여러분이 모두 학교에 올 수 있어서 기뻐요. 그리고 나도 여러분과 함께 여기 있어서 기뻐요. 지난주는 매우 겁이 나고 무서웠죠. 그렇지만 이제 다시 우리가 할 일을 할 때예요. 수업을 시작하기 전에 허리케인이 휩쓸고 간 동안 경험한 일을 말하고 싶은 사람이 있을 것 같은데."

나도 어쩔 수가 없었다. 나는 의자에서 벌떡 일어나 말했다.

"쿠쉘 선생님. 우리는 아직 수업을 시작할 수 없어요! 앤더스와 레노라가 안 왔어요."

라이블러 선생님이 나를 의자에 앉히려고 잡아 당기며 거의 경고에 가까운 표정을 지었다.

"그 이야기를 막 하려고 했단다, 로즈."

쿠쉘 선생님이 말했다.

"앤더스와 레노라가 이제 더 이상 우리 반에 올 수 없다는 말을 하게 되어서 유감이에요. 가족이 모두 이사를 해야 했어요."

플로우가 손을 들고 말했다.

"걔네들 집이 물에 떠내려갔어요."

"걔들은 괜찮아?"

파르바니가 플로우에게 물었다. 목소리가 약간 떨리고 있었다.

"내 말은 앤더스와 레노라는 괜찮은 거냐고?"

"둘 다 괜찮아요."

쿠쉘 선생님이 대답했다.

"정말이에요. 가족들이 친척 집에 살기 위해 간 거예요."

"앤더스와 레노라에게 편지를 써도 되나요?"

파르바니가 물었다.

"그것참 좋은 생각이네."

쿠쉘 선생님이 말했다.

"오늘 오후에 앤더스와 레노라에게 편지를 쓰기로 해요. 자, 이제 누가 자신의 경험을 이야기해 볼까요?"

학급 친구들이 한 명씩 차례대로 지난 열흘 동안 일어난 일에 대해 이야기했다.

"내 여동생은 팔이 부러졌어요."

모간이 말했다.

"전기가 나갔을 때 계단에서 넘어진 거예요."

"나는 할로윈에 사탕을 얻으러 가고 싶었어요."

마틴이 말했다.

"그렇지만 부모님이 할로윈이 취소되었다고 했어요."

"우리는 1층에 들어온 진흙을 다 닦아낼 때까지 2층에서 살아야 했어요."

플로우가 말했다.

"집에서 안 좋은 냄새가 나요."

쿠쉘 선생님은 나를 돌아보며 말했다.

"로즈야. 무슨 이야기든 해 보겠니? 허리케인 수잔이 너에게 어떤 영향을 줬니?"

"우리 마당에 나무 두 그루가 쓰러졌어요. 자작나무와 느릅나무요. 참나무는 반으로 갈라졌고 느릅나무는 툭 하고 부러졌어요. 다리가 떠내려갔고요. 그리고 아빠가 폭풍우가 온 날 레인을 목걸이도 없이 밖에 내보내서 아직 돌아오지 않았어요."

파르바니가 헉 하고 숨을 쉬었다. 그녀는 나를 보기 위해 목을 학처럼 길게 내빼고 말했다.

"레인을 잃어버렸다고?"

그녀의 목소리는 작았다.

"응."

내가 대답했다.

"폭풍우 치던 날 이후로 안 돌아왔다고?"

조쉬가 물었다.

나는 쿠쉘 선생님과 라이블러 선생님이 서로 흘끗 쳐다보는 것을 보았다. 쿠쉘 선생님은 눈썹을 올리고 라이블러 선생님은 어깨를 으쓱했다. 그것은 일종의 대화였다.

"안돼! 그건 정말 슬픈 이야기야!"

모간이 큰 소리로 말했다.

"맞아, 그래."

내가 말했다. 그리고 나는 덧붙였다.

"나는 레인 찾기 계획을 세웠어."

나는 학급 아이들에게 지도와 원과 목록에 대해 말했다.

"그리고 삼촌이 신문에 광고도 냈어."

"레인이 학교에 왔던 날이 난 좋았는데."

조쉬가 말했다.

"레인은 내가 본 개 중에 최고의 개였어."

플로우가 말했다.

"로즈야. 네가 레인을 찾길 바랄게."

파르바니가 말했다. 이제 그녀의 목소리는 떨리고 있었다. 너무 오랫동안 나를 쳐다봐서 내가 눈을 돌려야 했다.

쿠쉘 선생님이 파르바니의 어깨를 만졌다.

"너는 어떤 이야기를 나누고 싶어?"

파르바니는 울기 시작했다.

"우리 엄마는 화가예요. 엄마는 작품들을 창고에 보관하고 있었는데 창고가 물에 잠겨서 엄마는 작품 전부를 잃었어요. 15년 동안 엄마가 그려온 작품들을 모두 다."

나는 파르바니를 응시했다(stare/stair:계단). 나는 파르바니의 엄마가 화가인 것을 알지 못했다. 이것은 정말 슬픈 일이다.

파르바니의 뺨으로 눈물이 타고 흘렀다. 교실 안이 조용해졌다.

"파르바니?"

쿠쉘 선생님이 말했다. 선생님은 파르바니 곁에 무릎을 꿇었다.

파르바니는 숨을 꿀꺽 삼켰다.

"파르바니? 복도에 나가고 싶니?"

내가 물었다.

"로즈……."

라이블러 선생님이 말을 시작하려고 했다.

그러나 파르바니는 일어서서 "응." 하고 대답했다.

꿀꺽 숨을 삼키고 흐느끼며 옷소매로 얼굴을 닦으면서 파르바니는 책상 사이를 지나 문으로 향했다.

"내가 파르바니랑 같이 복도에 나갈게요."

나는 라이블러 선생님한테 말하고 파르바니를 뒤따라 복

도로 나갔다.

파르바니는 이마를 벽에 기대고 서 있었다.

나는 뭔가 위로가 될 말을 해야 한다는 것을 깨달았다.

"파르바니, 오늘 아침에 나는 새로운 동음이의어를 생각해냈어. 세 개가 한 쌍이야. Praise(칭찬하다), prays(기도하다) 그리고 preys(사냥하다)야. 멋지지 않니?"

파르바니는 훌쩍거리며 고개를 끄덕였다.

"고마워, 로즈."

28

웰든 삼촌과 차 타기

학교가 다시 문을 연 그 주 토요일 아침, 웰든 삼촌은 우리 집 앞 도로에 트럭을 주차하고 걸어서 나무판자 다리를 건너 문을 두드렸다.

"웰든 삼촌이 왔어요. 가도 돼요?"

삼촌과 나는 '레인을 찾는 날'을 위한 준비를 모두 갖추었다. 레인을 잃어버린 지 현재 2주가 되었고, 14일이 되었는데 14는 소수가 아니다.

"들어오시라 해. 삼촌이랑 할 이야기가 있다."

문을 열고 삼촌과 나는 서로 미소를 지었다.

"준비됐니?"

삼촌이 나에게 물었다.

"준비됐어요."

"잠깐만."

아빠는 개수대에 서서 통째로 오렌지 주스를 마시고 있었다.

"로즈는 5시까지 돌아와야 해."

엄지로 나를 가리키며 아빠가 말했다.

"그리고 선물이나 아이스크림으로 애 버릇 망치지 말고."

"볼로냐 샌드위치를 싸왔어요."

삼촌이 대답했다.

"트럭에 있어요. 그게 바로 우리가 하루 종일 잃어버린 개를 찾으며 먹을 거예요."

아빠가 자신의 동생을 향해 눈을 가늘게 뜨며 말했다.

"비꼬는 거냐?"

"나는 단지 사실을 말하고 있을 뿐인데."

"끄응. 그래, 좋아."

아빠가 말을 멈추었다.

"음. 내가 너희들과 같이 가지 못해서 미안하구나. 그렇지만 나는 오늘 임시 다리를 오래 쓸 수 있게 만드는 작업을 해야 한다."

나는 아빠에게 인사를 하고 웰든 삼촌과 트럭을 향해 서둘러 갔다.

"다 챙겨 왔니?"

삼촌이 내가 차에 올라타자 물었다.

"예."

나는 목록과 지도가 든 서류철을 가지고 왔다. 오늘 우리는 하트포드에 가장 가까운 보호소들, 그러니까 가장 작은 원 안에 있는 곳들을 찾아갈 것이다. 나는 이미 보호소들에 전화해서 일곱 개의 하얀 발가락을 가진 금발의 개는 들어온 적이 없다는 말을 들었다. 그렇지만 나는 직접 보고 확인하고 싶었다. 게다가 새로운 개는 언제라도 들어올 수 있다.

웰든 삼촌은 내 목록을 훑어보았다. 삼촌은 잠시 생각을 하더니 트럭의 시동을 걸며 말했다.

"'나를 구해주세요'부터 가자. 그다음은 '털투성이 친구들'이다."

"'털투성이 친구들'은 나한테 '부인'이라고 부른 곳이에요."

내가 말했다.

웰든 삼촌이 소리내어 웃었다. 그리고 운전을 시작했다.

우리는 온종일 트럭 안이나 보호소에서 보냈다.

보호소에 도착할 때마다 우리는 안으로 들어가 내가 접수대에 나서며 말했다.

"안녕하세요? 내 이름은 로즈 하워드이고, 이 분은 제 삼촌 웰든 하워드예요. 우리는 우리 개를 찾고 있어요. 폭풍우가 치는 날 잃어버렸거든요. 전화로는 이미 말씀드렸는데 제가 직접 개들을 보고 싶어서 왔어요."

나는 이 말을 다 외웠다. 웰든 삼촌이 어젯밤에 이것을 쓰는 것을 도와줬다. 낯선 사람에게 말을 건다는 것은 매우 힘든 일이지만 레인을 찾는 데 도움이 되기만 한다면 해야만 하는 일이었다.

보호소에 있는 몇몇 사람은 나와 통화한 것을 기억했지만 MPWWTTAK(어린애하고는 말하지 않는 나쁜 사람이라는 뜻)를 포함해서 어떤 사람들은 기억하지 못했다. 나는 그 사람의 목소리를 구별할 수 있기 때문에 그 나쁜 사람을 알아볼 수 있었다. 그렇지만 이번에는 조금 친절했다. 아마도 웰든 삼촌이 내 옆에 서 있기 때문인 듯했다.

내가 말을 다 마치면, 보호소에 있는 누군가가 삼촌과 나를, 잃어버리거나 집이 없는 개들이 있는 우리로 데리고 갔다. 우리는 레인을 만날지도 모른다는 희망을 품고 우리 하나하나를 들여다보았다.

그날 오전에 우리는 보호소 네 군데를 방문했고, 트럭 안에서 볼로냐 샌드위치를 먹었다. 그리고 보호소 여섯 군데를 더 방문했다.

우리는 레인을 만나지 못했다.

열 군데 보호소.

레인(Rain/Reign:시대/Rein:고삐)이 없다(no/know:알다).

"집에 갈 시간이다, 로즈."

삼촌이 열 번째 보호소를 나오면서 말했다.

"아빠에게 너를 다섯 시까지는 돌려보낸다고 약속했어."

나는 턱을 손에(in:안에/inn:여관) 괸 채, 앞에 펼쳐지는 길(road/rode:'타다' ride의 과거형/rowed:'젓다' row의 과거형)을 보며 트럭에(in:안에/inn:여관) 앉아 있었다. 나는 대답을 하지 않기(not/knot:묶다)로 마음먹었다.

"피곤하니?"

삼촌이 물었다.

"예."

"아이스크림 먹자."

나는 왼쪽으로 눈길을 돌렸다.

"아빠에게 아이스크림 사 주지 않겠다고 약속했잖아요."

"그건 오늘 하루가 얼마나 힘든지 알기 전이고. 너는 네가 오늘 아이스크림을 먹을 만한 일을 했다고 생각하지 않니?"

"모르겠어요."

"아빠에게 비밀로 할 수 있겠니?"

"거짓말이랑 같은 건가요?"

"아마도 조금은. 그렇지만 때때로 우리의 결정을 뒤집는 것도 괜찮아. 오늘 아침에 아빠랑 나는 아이스크림을 사 주지 않기로 했었지. 그런데 열 군데 보호소를 돌아보고도 레인을 찾지 못한 지금 내 생각은 우리가 아이스크림을 먹을 만하다고 생각해. 알겠니?"

"알겠어요."

갑자기 나는 몸을 똑바로 일으켰다.

"웰든 삼촌, 웰든 삼촌! 저 차를 운전하는 여자가 휴대 전화로 통화하고 있어요. 저건 규칙 위반이에요!"

"아이스크림에 대해 생각해, 로즈. 어떤 맛으로 먹을 것인지 정해."

나는 눈을 감았다.

"딸기 맛이요."

내가 말했다.

나는 아이스크림 가게에 도착할 때까지 눈을 뜨지 않았다.

29

새로운 동음이의어를 생각할 때 해서는 안 되는 것

월요일은 날씨가 잿빛으로 흐리고 축축했다. 레인이 아직도 밖에 있다면 추울 것이다. 아마도 덜덜 떨고 있을 것이다.

쿠쉘 선생님은 수학 복습용 학습지를 나눠 주었다. 연산 문제들이다. 더하기, 빼기, 곱하기, 나누기. 나는 이런 학습지를 좋아한다. 매우 조직적이다. 각 장마다 삼십 문제가 열 문제씩 세 개의 세로 줄에 배열되어 있다.

문제는 쉬워 보여서 내 마음은 이 생각 저 생각으로 방황한다. 나는 레인에 대해 생각하기 시작했는데 그 생각을 멈출 수가 없다. 이 생각은 나를 슬프게 해서 나는 첫 장에 있는 모든 소수를 세어 보기로 마음먹는다.

“스물세 개!”

나는 라이블러 선생님께 말했다. 교실은 내 목소리 말고는 조용하다.

“이 한 장에만 스물세 개의 소수가 있어요. 그리고 들어보세요. 스물셋도 소수예요.”

“로즈.”

라이블러 선생님은 내 눈을 똑바로 들여다보며 조용히 말했다.

“집중이 안 되니? 문제를 하나도 풀지 않았구나.”

“예. 집중이 잘 안 돼요.”

“그럼, 한 번에 한 문제씩 해결해 나가자. 자, 이 문제를 봐.”

선생님은 맨 윗줄에 있는 문제를 손톱으로 짚으며 말했다. 나는 문제를 보았다.

247 × 3

나는 7과 3을 곱해야 한다는 것을 알고 있지만 나의 머리는 7이나 3 혹은 21을 보고 있지 않았다. 나의 머릿속은 레인을 보고 있었다. 레인은 빗속에서 길을 잃었다. 몸은 젖고 추워서 떨리고 배도 고프다.

"로즈?"

라이블러 선생님이 다시 말했다. 이제 선생님은 손톱으로 내 팔을 두드렸다. 톡, 톡, 톡. 선생님의 빨갛게 칠해진 손톱이 내 피부를 두드렸다.

나는 팔을 재빠르게 치웠다.

"로즈?"

"멈춰요, 두드리지 말아요!"

나는 쿠쉘 선생님과 라이블러 선생님이 서로 눈길을 주고받는 것을 보았다. 라이블러 선생님이 말했다.

"복도에서 쉬는(break) 시간을 갖자."

그러고는 나를 복도로 데리고 나갔다.

"Break(쉬다)와 brake(멈추게 하다)는 동음이의어예요."

나는 복도 바닥에 주저앉으며 말했다.

"쉬면서 생각을 좀 정리하자."

라이블러 선생님이 말했다.

"네게는 조용한 시간이 필요해."

"Time(시간)과 thyme(백리향)……."

라이블러 선생님이 손가락을 입술에 갖다 대었다.

"쉬잇."

나는 생각을 정리하려고 애썼다. 내가 차분해졌다고 느꼈을 때 라이블러 선생님께 말했다.

"이제 차분해졌어요."

"좋아, 그럼."

선생님이 문을 열자 나는 책상으로 돌아갔다.

쿠쉘 선생님이 나를 향해 몸을 숙이고 말했다.

"이제 좀 덜 긴장되니(tense), 로즈?"

선생님은 속삭였다.

나는 눈을 크게 뜨고 "오, 오!" 하고 소리를 질렀다.

"Tense(긴장하다)와 tents(텐트들)! 새로운 동음이의어에요! 정말 좋은 거예요. 감사해요, 쿠쉘 선생님. 집에 가면 제 목록에 올려야겠어요. T를 모아 둔 부분에 여백이 있어야 할 텐데요."

나는 이 동음이의어를 잊어버리고 싶지 않아서 공책 한 장을 뜯어 조심스럽게 적었다

tense(긴장하다) / *tents*(텐트들)

나는 낄낄거리며 숨죽여 웃는 소리를 들었다. 조쉬 바텔이 나를 보고 있다가 파르바니를 보고 눈동자를 굴리는 것을 보았다.

그렇지만 파르바니는 조쉬의 시선을 외면하였다. 파르바니는 고개를 저었다. 나는 그것이 파르바니가 나를 옹호하는 파르바니만의 방식이라고 생각했다. 나는 파르바니가 고마웠다. 입을 떼었으나 고맙다는 말 대신 입 밖으로 나온 것은 통곡이었다.

라이블러 선생님이 곧장 나를 복도로 데리고 나갔다.

레인이 집에서 나를 기다리고 있기만 하다면…….

30

텅 빈 공백

방과 후에 웰든 삼촌은 나를 집에 데려다주고 다시 직장으로 돌아갔다.

다음의 것들이 아빠가 집에 오기를 기다리며 내가 오후 시간에 하는 일들이다.

- 엄마의 상자 뒤지기
- 숙제하기
- 저녁 준비하기

내가 더 이상 오후 시간에 할 수 없는 것들은 다음과 같다.

- 레인과 현관에 앉아 있기

- 레인과 산책하기

- 레인에게 밥 챙겨주기

오후 시간은 길다. 텅 빈 공백으로 가득 차 있는 것 같다. 상자를 뒤적이는 것과 숙제 하기 사이의 공백 그리고 숙제를 끝내기와 저녁 준비를 시작하기 사이의 공백. 그 사이에 무엇을 해야 할지 나는 모른다. 레인이 이 공백을 채워주곤 했었다.

당신이라면 어떻게 이 텅 빈 공백을 채울 건가요?

31

걸려온 좋은 소식

허리케인 수잔이 지나가고 3주째인 금요일 웰든 삼촌은 언제나 그랬듯 학교에서 나를 차에 태웠다. 샘 다이아몬드 아저씨의 노란색 차가 길에 주차된 것을 알아봤을 때 우리는 허드 로드를 따라 달리고 있었다. 그때 나는 아빠가 장비들을 다리 쪽으로 끌고 가는 것을 보았다.

나는 아빠가 왜 이렇게 이른 시간에 집에 있는지 궁금했다. 나는 아빠가 제인앤알 카센터에 하루 종일 있을 거라고 생각했다.

웰든 삼촌은 다리 옆에 트럭을 멈췄다. 우리는 손가락을 꼬고 가슴을 쳤다. 그리고 나는 차에서 뛰어 내려 문을 닫았다. 나는 돌아서서 거의 뛰다시피 아빠에게 갔다. 아빠의 눈은 작고 심술이 난 듯 보였는데 트럭의 창문 사이로 삼촌에게 말했다.

"제리가 오늘 나를 해고했어."

아빠는 이름을 말하는 대신에 내가 말해서는 안 되는 단어를 썼다.

"그 자식이, 젠장, 나를 해고했다구."

아빠가 계속해서 말했다.

"아무 이유도 없어."

아빠는 트럭 옆을 주먹으로 쳤다.

"어휴. 이제 어떻게 할 거예요?"

삼촌이 물었다.

"다리 공사를 끝내야지."

"그다음엔요?"

"'그다음엔'을 지금 당장은 모르겠다. 됐냐?"

"하지만 앞일을 조금은 생각해야 하지 않겠어요? 그저 하루하루 살 수는 없잖아요."

웰든 삼촌이 무슨 말인가 더 할 말이 있는 것처럼 보였으나 아빠가 말을 막았다.

"주변에 할 일은 넘친다. 마당도 아직 난장판이고. 바쁘게 지낼 거야."

"내 말은 그게 아니잖아요."

나는 웰든 삼촌이 있는 쪽으로 돌아가서 발돋움하고 삼촌에게 속삭였다.

"돈은 어디서 나요?"

"로즈, 다 보인다. 알아?"

아빠가 트럭 저편에서 말했다.

"다 들리기도 해. 네 생각엔 아빠가 우리 먹고살 돈도 못 벌 것 같니? 내가 다 할 수 있어. 이제 집 안으로 들어가."

나는 최대한 빨리 다리를 건넜다. 내 뒤에서 웰든 삼촌이 목을 가다듬고 말하는 것을 들었다.

"로즈 말이 일리가 있어요, 형. 무슨 일을 해서 돈을 벌 거예요? 로즈는 새 옷도 필요하고……."

아빠는 주먹으로 또 트럭을 쳤다.

"로즈에게 무엇이 필요한지 내게 말하지 마."

아빠는 목소리가 아니라 주먹으로 소리치고 있었다.

그것이 대화의 끝이었다. 내가 텅 빈 벤치를 지나 현관문으로 서둘러 뛰어갈 때 내가 들은 것은 트럭이 시동을 거는 소리뿐이었다.

나는 전화를 내 방으로 갖고 들어오면서 책가방을 마룻바닥에 던졌다. 그러고는 보호소가 적힌 목록을 꺼냈다. 지금까지 나는 모든 보호소에 전화를 걸었지만 멀리 떨어진 곳에 있는, 지도상에서 가장 넓은 원을 그린 보호소는 딱 한 군데밖에 걸지 않았다. 이제 다시 전화를 걸 때였다. 만약에 레인이 정말로 멀리 떨어진 곳으로 떠내려갔을 경우나 레인의 코가 제대로 작동하지 않아서 엉뚱한 곳을 헤매고 있을 경우를 생각한 것이다.

나는 '분톤' 동물 구조센터에 전화를 걸었다. 여전히 레인은 없다. 나는 '안전한 천국보호소'에 전화했다. 레인은 없다. 나는 '올리브브릿지 동물 입양 네트워크'에 전화를 걸었다. 여전히 레인은 없다.

그다음에 나는 '행복한 꼬리들' 동물 보호소에 전화를 걸었다. 목소리가 대답을 했고 그 목소리가 녹음된 것이 아니라 진짜 사람의 목소리라고 판단이 되어 나는 말했다.

"안녕하세요? 저는 로즈에요. 지난주에 전화했었어요. 저는 아직도 우리 레인을 찾고 있어요. 허리케인이 왔을 때 잃어버렸어요. 레인은 털이 노랗고 발가락 일곱 개가 흰 색이에요. 누가 그런 개를 데려오지 않았나요?"

전화선 반대편의 사람이, 그 사람은 남자였는데 말했다.

"얼마나 큰데? 몸무게가 얼마나 되는지 알고 있니?"

"23파운드요."

내가 대답했다. 나는 23이 소수라고 덧붙이면 안 된다고 생각했다. 이런 대화에는 적절하지 않은 것이다.

"그리고 발가락이 하얗고?"

"모든 발가락이 하얀 것은 아니에요."

나는 말했다.

"일곱 개만요. 오른쪽 앞발에 두 개, 왼쪽 앞발에 한 개, 오른쪽 뒷발에 세 개 그리고 왼쪽 뒷발에 한 개예요."

"잠깐만."

나는 남자가 누군가와 이야기를 하는 것을 들을 수 있었다. 남자는 레인의 발가락에 대한 정보를 반복해서 말하고 있었다. 그러더니 말했다.

"조금만 더 끊지 말고 기다려라. 알았지?"

긴 침묵이 흘렀다. 나는 창문을 내다보았다. 동음이의어에 대해 생각했다.

toe(발가락)/tow(잡아당기다) 그리고 toes(발가락들)/tows(‘

잡아당기다' tow의 3인칭).

마침내 다시 목소리가 들렸다.

"여기에 정말 그런 개가 한 마리 있어."

남자가 말했다. 그는 흥분한 듯한 목소리였다.

"며칠 전에 누가 데리고 왔는데 금색 털과 일곱 개의 하얀 발가락을 가진 작은 개야. 네가 말한 그대로야. 우리도 노력하고……."

내 손이 떨리기 시작했다. 내가 전화기를 떨어뜨려서 전화기가 바닥에 굴렀다. 어떤 생각도 할 수가 없었다. 나는 손을 귀에 댄 채 침대 위에서 마구 뛰었다. 그러다 침대에서 뛰어 내려와 전화기를 들었다. 그 남자가 말하고 있는 것을 들을 수 있었다.

"여보세요? 여보세요?"

나는 전화를 딸깍하고 끊었다. 그리고 다시 수화기를 들고 삼촌에게 전화를 걸었다. 그러다 삼촌이 아직 직장으로 돌아가는 길이라는 것을 기억해 냈다. 전화를 끊었다. 지도를 꺼내 '행복한 꼬리들'이 있는 뉴욕주 엘마라 주변에 커다랗고 빨간 원을 그렸다. 나는 내 두 손을 깔고 앉아 엄마의 상자 안에 있는 모든 것을 기억하려고 애썼다. 마침내 나는 삼촌에게 다시 전화를 걸었다.

삼촌은 첫 신호음이 가자 전화를 받았다.

"로즈, 괜찮니?"

삼촌이 물었다.

"레인이 엘마라에 있나 봐요!"

나는 외쳤다.

"거기 보호소에 털이 금색이고 발가락 일곱 개가 흰색인 개가 있대요. 며칠 전에 누가 데려왔대요. 우리 엘마라에 갈 수 있어요? 예? 예?"

"내일 아침 9시에 데리러 갈게."

삼촌이 말했다.

32

뉴욕, 엘마라 시에 있는 '행복한 꼬리들' 동물 보호소

다음 날 아침 8시 45분에 나는 웰든 삼촌이 혹시 일찍 도착할 경우에 대비해 현관 앞에 앉아 있었다. 삼촌은 8시 55분에 도착했고 나는 벤치에서 뛰어올라 아빠에게 다녀온다는 인사를 하고 마당을 건너 트럭으로 달려갔다.

웰든 삼촌과 나는 엘마라로 가는 내내 기분이 좋았다. 우리는 동음이의어와 소수에 대해 이야기하고 나는 파르바니의 엄마에 대해서도 말했다.

"파르바니가 학교에서 많이 울었어요."

내가 덧붙였다.

"나는 그 애가 매우 슬플 것 같아서 동음이의어로 기분을 풀어줬어요."

엘마라에 가까워질수록 나는 더 많이 말을 했다.

"웰든 삼촌! 웰든 삼촌! 저기 '행복한 꼬리들' 동물 보호소 표지판이 있어요! '꼬리들(tails)'은 동음이의어가 있어요. '이야기들(Tales)'. 그건 좋은 징조예요, 그렇지 않아요? 좋은 징조 아닌가요? 제 생각에는 그런 것 같아요. 나는 누군가가 데려온 23파운드의 금발에 일곱 개의 흰 발가락을 가진 개가 레인이라는 확신이 들어요. 23과 7은 둘 다 소수예요."

"로즈."

삼촌이 내 말을 가로막았다.

"너무 흥분하지 마. 만약의 경우를 생각해서."

"어떤 만약의 경우 말인가요?"

"만약에 금색 털에 일곱 개의 흰 발가락을 가진 개가 결국에 레인이 아닌 경우, 알겠니?"

"알겠어요."

나는 말했다. 그러나 나는 행복하다고 느끼며 내가 앉은 자리에서 위아래로 들썩거렸다.

웰든 삼촌은 방향지시등을 켰고 우리는 좌회전을 해서 먼지가 날리는 길을 덜커덩거리며 달려갔다. 나는 '행복한 꼬리들' 바로 앞이라는 표지판을 보았다. 곧 길고 낮은 건물 옆의 주차장에서 길이 끝났다. 이제 '행복한 꼬리들'이라는 더 큰 표지판이 보였다. 글자들 아래에는 개와 고양이가 꼬리가 서로 얽힌 채로 몸을 동그랗게 말고 있는 그림이 그려져 있었다.

"어디에 주차해요? 어디에 주차해요?"

나는 소리를 질렀다.

"로즈, 진정해. 여기가 주차구역이야. 그리고 저쪽에 사무실이라는 현판이 있구나. 가자."

나는 주차장을 가로질러 사무실이라는 표지판을 향해 난 인도를 따라 삼촌을 앞질러 달렸다. 나는 문을 잡아당겨 열었다. 안에는 책상 하나와 많은 플라스틱 의자가 있는 대기실이 있었다. 몇몇 의자에는 사람들이 앉아 있었지만 대부분은 비어 있었다. 나는 의자에 앉은 사람들에게는 아무런 관심이 없었다. 나는 오로지 책상 뒤에 앉은 남자에게만 관심이 있었다.

"로즈, 천천히!"

삼촌이 뒤에서 소리쳤다. 하지만 삼촌은 웃고 있었다.

나는 책상으로 다가가 발끝으로 서서 남자에게 말했다.

"내 이름은 로즈 하워드에요. 어제 우리 개에 대해 전화

통화를 했어요."

나는 레인에 대해 다시 설명을 했고 그 남자는 미소를 짓기 시작했다.

"그래. 우리도 네가 오기를 기다리고 있었다. 잠깐만. 보호소 관리자를 불러올게."

그는 책상 위의 전화로 대화를 했고, 잠시 후 방 뒤쪽 문이 열리더니 한 여자가 걸어 들어왔다. 그녀는 목줄을 쥐고 있었는데 "어서. 이리와, 어서." 하고 말했다.

나는 목줄이 여자 뒤에서 문을 지나 따라올 때부터 보고 있었다. 보고 또 보고 마침내 목줄 끝을 보았다.

"레인!"

나는 외쳤다.

나는 레인에게 달려갔다. 레인은 처음에 어리둥절한 것 같았다. 레인의 눈은 낯선 사람들과 방 안을 둘러보았다. 그러다 레인의 눈길이 웰든 삼촌과 나에게 닿았을 때 레인은 이리 저리 뛰어오르고 낑낑거리며 울고 짖었다. 나는 무릎을 꿇고 두 팔로 레인을 감싸 안았다. 레인이 너무 심하게 버둥거려서 몸 전체가 떨렸다. 그러고는 앞발을 내 어깨에 올리고 내 얼굴을 핥았다.

"레인."

나는 다시 한 번 말했다. 나는 내 뒤에 서 있는 삼촌을 보고 "정말 레인이에요." 속삭이듯 말했다.

나는 삼촌이 울고 있는 것을 보았다. 그리고 목줄을 쥐고 있는 여자가 울고 있는 것을 보았고, 책상 뒤편의 남자와 딱딱한 플라스틱 의자에 앉아 있는 사람 두 명도 울고 있는 것을 보았다.

눈물이 내 얼굴을 따라 흘렀지만 레인이 닦아주었다. 그래서 나는 걱정할 필요가 없었다.

레인과 내가 마침내 진정이 되고 모두가 울음을 그쳤을 때, 보호소 관리자가 웰든 삼촌에게 손을 내밀며 말했다.

"제 이름은 줄리 카포럴이에요."

웰든 삼촌과 줄리 카포럴은 한참 동안 이야기를 했다. 나는 두 사람이 무슨 말을 하는가에 그다지 신경을 쓰지 않았다. 나는 레인이 내 무릎에 올라앉을 수 있게 바닥에 앉아서 레인의 귀와 발을 쓰다듬으며 꼼꼼하게 검사를 했다. 레인은 조금 야윈 듯했고 얼굴에 베인 상처와 배에 벌레에 물린 듯한 자국이 몇 개 있었지만 여전히 나의 레인이었다.

한참 뒤에 나는 카포럴 부인이 삼촌에게 말하는 것을 들었다.

"이 운 좋은 강아지가 주인을 찾은 게 분명하군요. 그렇지만 이 녀석을 건네주기 전에 거쳐야 할 절차가 있어요. 신분증을 좀 주시겠어요? 제가 신분증의 정보와 이 녀석의 마이크로칩 속에 심어진 정보가 일치하는지 확인해야 해서요. 저는 약간 의아했거든요. 칩 속의 정보에는 개 이름이 레인이 아니라 올리비아로 되어 있어요."

나는 웰든 삼촌을 보기 위해 고개를 돌렸다.

"기꺼이 제 운전면허증을 보여 드리겠습니다."

삼촌이 말했다.

"하지만 저는 로즈의 삼촌이에요. 아빠가 아니라."

나는 대화를 방해해야 했다.

"마이크로칩이 뭔데요?"

나는 물었다.

33

마이크로칩이란

마이크로칩은 애완동물의 주인, 연락처 등과 같은 정보를 담은 것으로 수의사가 애완동물의 몸에 주사한 쌀알만큼 작은, 매우 작은 조각인 것으로 밝혀졌다.

"저희는 올리비아가 들어왔을 때 올리비아, 아 미안해요, 레인의 몸에 칩이 있는지를 검사했어요."

카포럴 부인이 웰든 삼촌과 나에게 말했다.

그녀는 지금 마이크로칩 기술을 설명하면서 오랜 시간을 말하는 중이었다. 나는 다시 대화를 방해하지 않으려고 애써 노력하지 않으면 안 되었다. 하지만 나는 결국 어쩔 수 없이 또 방해할 수밖에 없었다.

"우리는 레인에게 칩을 넣은 적이 없어요!"

나는 버럭 소리를 질렀다.

"우리는 레인을 병원에 데려간 적도 없다고요."

"그렇지만 이 녀석은 칩을 가지고 있는 걸."

카포럴 부인이 말했다.

"확실한가요?"

나는 점차 속이 울렁거리는 것을 느꼈다.

"물론이지. 우리가 칩이 있나 검사를 했지. 그래서 우리는 이름이 올리비아인 것도 알게 된 거야."

카포럴 부인은 이제 얼굴을 찡그리고 있다.

그녀는 이제 의자에 앉아서 들고 온 서류철을 펼쳤다. 그리고 웰든 삼촌을 향해 말했다.

"그러니까 당신은 제이슨 핸더슨이 아니란 말이죠? 글로버스타운에서 오신?"

웰든 삼촌은 고개를 저었다.

"저희는 핸더슨 씨네와 연락을 하려고 애쓰고 있었어요. 그런데 아직까지 아무 성과가 없었지요. 그래서 어제 로즈가 전화했을 때 정말 기뻤어요. 비록 우리가 전화번호를 묻기도 전에 로즈가 전화를 끊어버리긴 했지만. 우리 전화가 폭풍우 이후로 잘 작동되지 않을 때가 있거든요."

그녀가 덧붙였다. 그리고 나를 향해 미소를 지었다.

"우리는 네가 핸더슨 씨네 가족 중의 한 사람이라고 생각했다. 허리케인 수잔 때문에 이사하게 된 것이라고 짐작했지. 글로버스 타운은 심하게 타격을 입어서 핸더슨 씨네 집에 전화할 때마다 통화 중이라는 신호음만 들을 수 있었거든. 그리고 그 사람들이 연락처에 휴대전화 번호는 넣어두질 않았어. 그래서……."

그녀는 두 손을 펼치며 어깨를 으쓱했다.

나는 레인과 함께 다시 바닥에 주저앉았다. 나는 팔로 레인을 감싸 안아 털이 목에 닿는 것을 느꼈다. 레인은 아주 부드러워서 아마도 최근에 목욕한 것 같다고 생각했다. 나는 뺨을 레인의 얼굴에 대었다.

"레인, 너는 누구니? 레인!"

나는 속삭였다.

34

카포럴 부인이 한 말

카포럴 부인과 웰든 삼촌은 대화를 계속 나눴다. 나는 바닥에 앉아 레인과 아빠에 대해 생각했다.

나는 아빠가 레인을 집으로 데리고 온 날 밤을 기억한다. 나는 아빠가 마이크로칩에 대해 몰랐는지 아니면 레인의 주인을 찾고 싶지 않았는지 궁금했다.

나는 아빠가 레인을 초강력 허리케인이 오던 날 목걸이도 없이 레인을 밖에 나가게 한 것을 생각했다. 그리고 아빠가 레인을 찾는 일을 조금도 돕지 않았다는 사실을 깨달았다.

나는 뒤로 돌아 카포럴 부인에게 말했다.

"우리 아빠는 레인을 빗속에서 발견했대요. 그래서 제가 이름을 레인이라고 지은 거예요. 또한 이것은 동음이의어이기도 해요."

카포럴 부인은 당황스러운 듯 보였다.

"레인은 목걸이가 없이 완전히 혼자였어요."

"주인을 찾으려고 노력해 보았니?"

카포럴 부인이 물었다.

나는 머리를 저었다.

"아빠가 레인이 아무런 표식이 없기 때문에 우리는 찾을 수 없다고 말했어요. 또 아빠는 만약 주인이 있다고 해도 개에 대해 신경을 많이 쓰지 않는 사람들일 거라고 말했어요."

나는 멈추었다가 작은 목소리로 말했다.

"그런데 마이크로칩을 심을 정도로 많은 신경을 썼네요."

카포럴 부인은 나를 보고 부드럽게 말했다.

"애완견들은 온갖 이유들로 주인과 헤어질 수 있단다. 길을 잃거나 헤어졌다고 해서 주인들이 무책임하다는 것을 의미하진 않아."

나는 카포럴 부인이 핸더슨 씨네를 말하는 것인지 아니면 아빠와 나에 대해 말하는 것인지 궁금했다.

나는 고개를 끄덕였다. 몇 가지 이유로 다시 울고 싶었다. 그래서 나는 말했다.

'2, 3, 5, 7, 11.'

그러나 나는 그것을 내 머릿속으로만 말했기 때문에 나만 들을 수 있었다.

웰든 삼촌은 레인과 나 그리고 카포럴 부인에게 차례로 눈길을 주며 물었다.

"이제 어떻게 되는 건가요? 레인을 여기 두어야 합니까?"

"안 돼요!(No)"

나는 소리를 질렀다(No, no, know, know). 나는 뛰어 일어나자 레인도 일어섰는데 불안해 보였다. 레인은 내 다리에 기대고 코(nose/knows:알다 'know'의 3인칭)를 내 손에 비볐다.

카포럴 부인은 한숨을 내 쉬었는데 이마 위의 머리카락이 날렸다.

"이런 상황은 처음이에요. 동료들하고 한번 이야기해 봐야겠어요."

카포럴 부인은 대기실을 나갔다. 웰든 삼촌과 나는 의자에 앉았다. 레인은 뛰어 올라와 머리는 내 무릎에 뒷다리는 웰든 삼촌의 무릎에 올려놓았다.

나는 삼촌에게 말했다.

"올리비아가 동음이의어가 있는 이름이면 기분이 좀 나을 텐데. 아니에요?"

웰든 삼촌은 나에게 슬픈 미소를 지어 보였다.

마침내 카포럴 부인이 돌아왔다. 그녀는 웰든 삼촌 옆에 앉아서 말했다.

"이렇게 하면 공정한지 한번 들어보세요. 우리가 핸더슨 씨네와 연락을 하려고 노력했지만 아무 소식이 없는 것을 생각하면 그리고 레인이 로즈와 일 년 정도 지냈고 로즈를 사랑하는 것을 생각해서……."

"나도 레인을 사랑해요."

내가 말했다.

"그리고 로즈가 레인을 사랑하는 것을 생각해서……."

카포럴 부인은 말을 이었다.

"레인을 당신들과 함께 집으로 보내기로 결정했어요. 단 임시일 뿐이에요. 레인이 여기 보호소에 있는 것보다는 당신들이 데리고 가는 것이 더 행복할 테니 그렇게 하는 것이 공정한 것 같아요."

"고맙습니다!"

나는 외쳤다.

카포럴 부인이 계속해서 말했다.

“그렇지만 우리는 핸더슨 씨네를 찾는 일을 계속할 겁니다. 우리는 지금 허리케인 때문에 평상시보다 바쁘긴 하지만 찾을 겁니다. 그리고 만약 그 사람들과 연락이 닿거나 그 사람들이 우리에게 연락해 와서 레인을 되찾기를 원한다면, 그 땐…….”

그녀는 또 손바닥을 펼쳤다.

“어쨌든 레인은 그 사람들 개니까요. 내 말은 개였으니까요, 원래. 그래서 말인데요. 이 양식을 작성해 주세요. 저희가 가지고 있어야 합니다.”

그녀는 서류 양식을 나에게 건네고는 웰든 삼촌을 보았다.

“제가 작성할게요.”

삼촌이 말했다.

“로즈와 로즈의 아빠 그리고 제 정보까지 남겨두겠어요.”

5분 후에 웰든 삼촌과 나는 레인을 사이에 두고 ‘행복한 꼬리들’을 걸어 나오고 있었다.

4부

아주 힘든 이야기

35

내가 해야 할 일들

웰든 삼촌과 내가 널빤지 다리 옆의 허드 로드에 주차하고 레인과 함께 트럭에서 내릴 때, 아빠는 마당에서 일하고 있었는데 거의 놀란 듯한 표정을 짓고 있었다. 아빠는 눈이 점점 커지고 말문이 막힌 듯 보였다.

웰든 삼촌이 내 손을 잡고 다리를 건너려고 하자 레인이 우리를 앞질러 갔다. 레인은 판자 위에서 균형을 잡는 데 익숙하지 않아서 천천히 건너갔다. 레인은 마당에 이르러 수많은 연장과 나무판자 속에 서 있는 아빠를 보자 꼬리를 조금 흔들었다.

마침내 아빠가 말했다. 아빠는 "끙, 나는 결국에는……."이라고 말했다.

나는 그 말이 무슨 뜻인지 알 수 없었다. 내가 말했다.

“우리가 레인을 찾았어요.”

“그래. 나도 보고 있다.”

“아빠도 기뻐요?”

나는 물었다.

아빠는 레인이 아빠 곁으로 걸어오자 무릎을 굽혀 앉은 자세로 말했다.

“나는 단지 놀랐을 뿐이다. 그게 전부야. 네가 레인을 찾았다는 게 믿어지질 않는구나.”

그럼 결국 내가 맞은 거다. 아빠는 놀란 것이다.

“저는 계획을 세웠어요.”

나는 상기시켰다.

“아주 멋진 계획이었지요.”

“그런 것 같구나.”

레인을 쓰다듬으며 아빠가 말했다.

“단 한 가지.”

내 뒤에서 삼촌이 말했다.

“문제가 있어요.”

아빠는 날카롭게 올려다보고는 일어섰다.

"문제?"

웰든 삼촌은 핸더슨 씨네와 마이크로칩에 대해 설명했다.

나는 삼촌이 '마이크로칩'을 말할 때 아빠를 주의 깊게 보았다. 아빠는 찡그리고 있었다.

"결국 레인의 몸에 표식이 있었다는 말이에요."

내가 지적했다.

이제 아빠는 나를 날카로운 눈으로 보았다.

"무슨 말을 하는 거냐?"

나는 잠시 생각을 했다.

"알고 보니 레인의 몸에 인식표가 있었다고요."

아빠는 머리를 흔들었다.

"봐, 너는 네 개를 되찾았어, 로즈. 그럼 된 거야."

'행복한 꼬리들'에서 집으로 오는 차 안에서 레인은 내 무릎에 앉았다. 거의 움직이지도 않고 레인은 제 얼굴을 내 뺨에 가깝게 대고 있어서 나는 레인의 콧수염과 내쉬는 숨결을 느낄 수 있었다. 레인은 가끔 고개를 들어 내 코를 핥았다.

나는 마당을 둘러보았다. 아빠와 내가 잘 치워 놓아 깨끗했다. 아빠는 지금 오랫동안 쓸 수 있는 다리를 만들고 있고,

임시로 만든 다리가 있는 한 우리는 다시 고립되지 않을 것이다. 전기와 전화도 작동하고 학교는 다시 시작되었다. 무엇보다도 레인이 집에 있다.

내가 행복함을 느껴야 한다는 것을 안다. 만약 파르바니의 엄마가 어떻게 해서 모든 작품들을 안전하고 훼손되지 않은 채 되찾았다면 그녀는 아마 행복을 느낄 것이다. 그러나 나는 행복감을 느낄 수 없었다. 행복감이 아니라 뭔가 잘못되었다는 느낌이 들었다.

나는 웰든 삼촌에게 도와주어서 고맙다는 인사를 하고 레인과 함께 집 안으로 들어갔다. 레인은 도중에 모든 것들-나뭇가지들, 통나무들, 잡초, 현관의 계단, 현관 앞의 벤치 등-의 냄새를 킁킁거리며 맡았다. 그리고 레인은 집안으로 들어와서 내 방에 이르기까지 냄새를 맡고 방 안에 들어와서는 침대 위로 뛰어 올라가 나를 바라보았다. 나는 옆에 앉아 팔로 레인의 목을 감싸 안았다.

그런데도 뭔가 여전히 잘못되었다고 느꼈기 때문에 나는 울기 시작했다. 내가 레인의 털에 고개를 박고 울자, 레인은 참을성 있게 그대로 앉아 있다가 내가 휴지를 가져와 코를 풀고 울음을 그칠 때까지 가끔 고개를 돌려 내 뺨을 핥아 주었다.

무엇이 잘못되었는지 알았다. 그것은 아빠가 몇 분 전에 말한 것이다.

"너는 네 개를 되찾았어, 로즈."

너의 개가 돌아왔어. 너의 개가 돌아왔어, 로즈.

그러나 레인은 나의 개가 아니다. 레인은 헨더슨 씨네 개인 것이다. 레인은 핸더슨 씨네 개다. 그리고 그 사람들은 레인에게 집을 넣어줄 만큼 레인을 사랑했다. 어떻게 레인이 그들과 헤어지게 되었는지는 모르지만 어쨌든 헤어졌고, 아마도 다시 레인을 찾기를 바랄 것이다. 지금은 특히 그럴 것이다. 만약 그 사람들이 폭우에 집을 잃고 지금 아주 많이 슬퍼하고 있다면.

나는 내가 어떻게 해야 할지를 안다.

나는 그렇게 하고 싶지 않지만 규칙은 규칙이고, 나는 그것을 따라야 한다.

어딘가에 살고 있을 핸더슨 씨네가 레인을 잃어버렸다. 만약 그 사람들이 내가 레인을 잃어버렸을 때 그런 것만큼 레인을 그리워한다면, 지금 레인을 매우 찾고 싶어 할 것이다. 그리고 레인은 그 사람들의 개다. 보호소에 있는 사람들이 언제 핸더슨 씨를 찾기 시작할지 모르지만 나는 나대로 지금 그 사람들을 찾아야 한다.

나는 핸더슨 씨네 가족을 찾아서 레인을 돌려줘야 한다.

레인은 한숨을 내쉬고는 침대 위에 털썩 엎드렸다. 나는 그 옆에 드러누웠다. 레인이 내가 무슨 생각하는지 알고 있을까 궁금했다.

나는 레인의 마이크로칩 내역서에 있던 정보를 기억해 냈다. 카포럴 부인은 웰든 삼촌에게 그 정보를 주지 않았지만 나는 곁눈질로 핸더슨씨의 전화번호와 주소를 보고 외웠다. 나는 그 사람들이 어디에 사는지 아니면 어디에 살았는지를 안다. 그 정보가 나의 새로운 탐색에 도움이 될 것이다.

나는 몇 가지 계산을 해 보았다. 핸더슨이란 이름은 숫자 102인데 이것은 소수가 아니다. 올리비아란 이름도 소수가 아니다.

이것이 무슨 의미인지는 알 수 없었다.

36

쿠쉘 선생님의 괜찮은 제안

허리케인이 지나간 후 쿠쉘 선생님은 매일 아침, 반 아이들에게 모두 함께 나누고 싶은 이야기가 있는지 묻는 것으로 시작했다. 15분 동안 우리는 손을 들고 학급 친구들에게 고민하는 것이나 점점 좋아지고 있는 것들을 이야기했다. 웰든 삼촌과 내가 레인을 집으로 데리고 온 다음 월요일에 나는 학급 친구들에게 말했다.

"레인이 돌아왔어. 뉴욕주 엘마라에 있는 '행복한 꼬리들' 동물보호소에서 찾았어."

모든 아이들이 질문을 했다.

"레인은 괜찮니?"

"너를 알아보니?"

"너를 만나서 반가워 해?"

"어떻게 엘마라까지 가게 된 거래?"

"왜 코로 냄새를 맡으며 집으로 돌아오지 않았을까?"

나는 내가 할 수 있는 대로 대답해 주었다.

핸더슨 가족이나 마이크로칩에 대해서는 언급하지 않았다.

나는 새로운 계획을 비밀리에 실행할 것이다. 핸더슨 씨 집으로 전화를 걸었을 때, 카포럴 부인의 말처럼 이상하게 계속되는 통화 중 신호음만 들을 수 있었다. 현재로써는 핸더슨 가족을 어떻게 찾을지 확신이 없다. 그러나 조언을 구할 사람이 누구인지는 알았다.

그날 아침에 웰든 삼촌은 나를 평소보다 10분 먼저 학교에 데려다주기로 했다. 나는 라이블러 선생님보다 먼저 도착해서 혼자 교실로 걸어갔다. 쿠쉘 선생님이 책상에 앉아있는 것이 보였다. 교실에는 아무도 없었다.

"쿠쉘 선생님?"

선생님은 엉거주춤 자리에서 일어날 듯 허리를 세웠다.

"로즈! 일찍 왔구나."

나는 선생님을 정면으로 보았다.

"질문이 있어요."

쿠쉘 선생님은 펜을 내려놓고 나를 매우 진지하게 보았다.

"그래? 뭘까?"

"잃어버린 개를 발견한 어떤 사람이 어떻게 개의 원래 주인을 찾아줄 수 있을까요?"

"글쎄, 그 사람이 신문에 광고를 낼 수도 있고."

선생님이 대답했다.

"그리고 신문에 잃어버린 개를 찾는 광고를 살펴볼 수도 있지. 개의 사진과 언제 어디서 발견됐는가 하는 정보를 써서 포스터를 붙일 수도 있고. 또 동물병원과 보호소에 전화해 보거나 인터넷에 포스터를 올릴 수도 있겠지."

"네, 네."

내가 대답했다.

쿠쉘 선생님이 나를 빤히 보더니 얼굴이 찌푸렸다.

"로즈, 주인 잃은 개를 알고 있구나?"

나는 고개를 끄덕였다.

"예."

37

레인이 살던 곳

비밀스럽게, 가끔 아빠가 집에 안 계실 때, 나는 핸더슨 씨 번호로 전화를 걸었다. 매번 빠르게 울리는 통화 중 신호만 들렸다. 그것은 웰든 삼촌이 전화를 쓰고 있는데 내가 삼촌에게 전화를 걸었을 때 들리는 통화 중 신호와는 다른 것이다. 대부분 사람들은 요즘 통화 대기를 사용하기 때문에 전화를 걸었을 때 통화 중 신호를 들을 수 없다. 그러나 핸더슨 씨 가족도 웰든 삼촌처럼 아마 통화 대기를 사용하지 않을지도 모른다. 그렇다 해도 그 통화 중 신호는 이상하게 들렸다. 나는 그 사람들 전화가 고장이 난 것이라고 결론을 내렸다.

이 때문에 나는 쿠쉘 선생님이 포스터와 관련해서 나를

도와주기로 한 것에 대해 고마움을 느꼈다. 선생님은 신문과 잃어버린 애완동물을 찾는 인터넷 사이트에도 광고를 내주겠다고 말했다.

그러나 우리는 당장 문제에 부딪혔다. 내가 문제점을 깨달은 대화 내용이다.

쿠쉘 선생님 자, 네가 처음 할 일은 네가 찾은 개의 사진을 찍는 것이야. 개를 말로 설명하는 것보다 사진이 훨씬 낫지.

로즈 하워드 사진이요?

쿠쉘 선생님 그래, 할 수 있겠니?

나는 할 수는 있지만 그러고 싶지 않았다. 나는 쿠쉘 선생님이 그 사진을 보고 그 개가 바로 레인이라는 것을 아는 것을 원치 않았다.

나는 고개를 끄덕였다.

쿠쉘 선생님 좋아. 그러면 이제 사진 아래에 '주인을 찾음'이라고 쓰고 그 개를 묘사하는 거야.

로즈 하워드 개의 사진이 바로 위에 있는데도요?

쿠쉘 선생님 그럼. 조금 더 상세한 것을 쓸 수 있지. 개의 나이나 몸무게 그리고 어디에서 개를 발견했는가 하는 것들 말이야.

로즈 하워드 아, 예.

나는 레인의 포스터를 붙이기 전에 좀 기다리기로 마음을 먹었다. 쿠쉘 선생님에게 레인에 관한 일을 설명할 준비가 안 되었다.

그러나 나는 웰든 삼촌에게는 내 새로운 계획을 말할 준비가 되어 있다. 어느 날 밤 나는 삼촌에게 전화를 걸어서 말했다.

"핸더슨 가족을 찾아야 한다고 생각해요."

"누구?"

삼촌이 말했다.

"레인의 진짜 주인 말이에요. 그렇게 하는 게 옳아요. 그리고 공정하고요. 규칙은 규칙이에요. 욕하지 않기. 사용하지 않을 때는 피자 게임 제자리에 두기. 왜냐하면 학습지를 다 푼 사람이 순서를 기다리고 있기 때문에. 그리고……."

웰든 삼촌이 내 말을 막았다.

"그리고 레인의 원래 주인이 개를 되찾도록 할 것."

"예. 그거예요"

내가 말했다.

"오, 로즈. 정말 그렇게 하고 싶니?"

"사실상 우리는 개를 훔친 거예요."

나는 작은 목소리로 대답했다.

"자, 흥분하지 말고."

나는 삼촌과 대화를 하면서 레인을 쓰다듬었다.

"흥분한 거 아니에요."

내가 덧붙였다.

"저한테 또 다른 계획이 있어요."

나는 웰든 삼촌에게 내가 글로버스타운에 있는 핸더슨 씨네의 주소를 알고 있다고 말했다.

"그 집을 찾는 것으로 시작할 수 있을 거예요. 아마도 그 사람들은 거기 살고 있는데 허리케인 때문에 전화가 고장 난 것일 수도 있죠."

우리는 그다음 날 글로버스타운에 가기로 했다. 다음 날은 토요일이었다. 우리는 일찍 출발했다. 아빠가 이제 막 침대에서 일어난 때다. 아빠가 식탁에 속옷만 입은 채 앉아서 제이앤알 카센터 사람들을 욕하고 투덜거리고 중얼거리는 것을 보면서 나왔다.

글로버스타운은 엘마라의 반대쪽으로 하트포드에서는 30마일 정도 떨어진 곳이다.

"허리케인 수잔에 가장 심하게 피해를 본 도시 중 하나야."

웰든 삼촌은 차를 운전하면서 말했다.

"거기에 뭐든 많이 남아있을 것 같지 않구나."

삼촌의 말이 맞았다. 우리가 글로버스타운을 관통하는 중심도로였던 곳에 도착했을 때 우리가 본 것은 바짝 마른 강바닥 같은 것이었다. 그 길 양쪽에 있던 모든 것은 부서지고 버려진 채였다. 목조 현관들은 늘어지고 내려앉았으며 철책은 사라지고 없었다. 인도는 없어지고, 부서진 상점의 창문을 아무렇게나 테이프로 덕지덕지 붙여 놓았는데 가게 주인들도 사업을 다시 시작하리라는 기대를 접은 듯했다. 사람은 한 명도 보이지 않았다.

웰든 삼촌은 읍내를 한 바퀴 돌아 마침내 핸더슨 씨 집이 있는 길과 마주쳤다. 그 길은 한적한 시골길로 허리케인의 흔적은 볼 수 있었지만 집은 한 채도 볼 수 없었다. 마침내 우리는 아주 좋은 소수인 2가 옆면에 쓰인 우편함을 발견했다.

"저기예요!"

내가 말했다.

웰든 삼촌이 자갈길로 들어서서 움푹 팬 곳과 나뭇가지들을 피해 천천히 차를 몰았다.

우리는 원을 그리며 멈추었다.

"와아."

삼촌이 낮은 목소리로 말했다.

한때 그곳에 있던, 레인의 옛집에는 이제 쓰러진 나무에 둘러싸인 목재와 자갈 더미만 남아있었다.

우리는 차에서 내려 나뭇가지가 바람에 흔들리고 새가 지저귀는 시골의 소리에 귀를 기울였다.

웰든 삼촌이 사람을 불렀다.

"아무도 안 계세요?"

아무런 대답도 없었다.

우리는 차로 돌아가 시내로 향했다.

38

글로버스 타운의 잡화점

"그 사람들이 괜찮을까요?"

나는 차를 타고 나오며 삼촌에게 물었다.

"핸더슨 가족? 모르겠다. 허리케인이 닥치기 전에 쉼터로 피했기를 바라야지."

"어떻게 그 사람들을 찾죠?"

내가 물었다.

웰든 삼촌은 머리를 흔들었다.

"생각을 좀 해보자."

우리는 폐허가 된 주도로의 끝을 지나 글로버스 타운으로 차를 몰았다. 28번 국도에 들어설 때 쯤, 내가 말했다.

"잠깐만요!"

길가에 작은 가게가 자리 잡고 있었다. 검은 덧문과 넓은 현관 그리고 벽돌로 된 굴뚝이 있는 하얀 집은 일반 집처럼 보였다. 그러나 문 위에 잡화점이라는 간판이 붙어 있었다.

"여기에 세워도 돼요?"

내가 물었다.

"그럼. 배가 고프니?"

"아니요. 어떤 생각이 떠올랐어요."

웰든 삼촌은 나를 따라 안으로 들어섰다. 가게는 생각할 수 있는 모든 것-못, 씨리얼, 일회용 반창고, 펜, 막대사탕, 실, 양말-이 선반에 빼곡하게 들어차 있었다.

"무얼 찾으세요?"

계산대 뒤에 멜빵 바지와 플란넬 셔츠를 입은 젊은 남자가 서 있었다.

나는 가슴이 뛰기 시작했다. 계산대로 다가가서 말했다.

"제 이름은 로즈 하워드인데요. 슬라이드 로드 2번지에 살던 핸더슨 씨 가족을 찾고 있어요."

그 남자는 얼굴을 찌푸렸고 나는 아마도 그가 왜 핸더슨 씨 가족을 찾으려 하는지 물을 것이라 생각했다. 그러나 그 사람은 "핸더슨, 핸더슨, 제이슨과 캐롤 핸더슨? 그리고 꼬마 아이들이 있는 집 말이니?" 하고 물었다.

나는 마이크로칩 내역서에서 본 제이슨과 캐롤이라는 이름을 기억하고 있었으므로 "예" 하고 대답했다.

"그 사람들이라면 지금은 어떻게 됐는지 잘 모르겠다."

"지금은 잘 모르겠다고요?"

"허리케인이 지나간 다음 이사를 가야 했지. 집이 너무 심하게 부서졌어."

나는 안도의 숨을 쉬었다. 그들은 아직 살아있는 것이다.

"어디로 이사 갔는지 아시나요?"

내가 물었다.

그 남자는 고개를 저었다.

"몰라. 그런데 이 근방 어딘가에 친척이 있을 거야. 아마 거기에서 같이 지낼걸."

"알겠어요."

나는 그 남자의 눈을 똑바로 쳐다보고 말했다.

"감사합니다."

웰든 삼촌과 나는 가게를 나오다가 신문 진열대를 보았다. 내 고장 소식이란 신문도 있었는데, 나는 신문을 가리키며 삼촌에게 물었다.

"이거 한 부 사도 돼요?"

"물론이지. 그런데 왜?"

"만약 우리가 여기에 광고를 싣는다면, 아마도 핸더슨 씨 가족이 그걸 볼 거예요."

39

개를 보호하고 있습니다, 금발의 암컷을

할로윈이 지나갔고 이제 추수감사절이 다가왔다. 아빠와 레인 그리고 나는 웰든 삼촌의 집에서 칠면조로 저녁을 먹었다. 주말을 지나면서 나는 핸더슨 씨 가족에 대한 생각을 많이 했다. 나는 쿠쉘 선생님에게 레인에 대한 진실을 말해야겠다고 생각했다. 그래서 나는 삼촌에게 월요일에도 학교에 조금 일찍 데려다 달라고 부탁했다. 담임 선생님과 또 한 번의 비밀 대화 시간을 갖기 위해서다.

내가 교실에 들어갔을 때, 선생님은 게시판 앞에서 일하고 있었다. 선생님은 기념일들이라는 단어를 색색의 글자로 크게 쓴 것을 붙이고 있었다.

"좋은 아침, 로즈."

선생님이 말했다.

"안녕하세요?"

나는 선생님의 눈을 똑바로 바라보며 말했다.

쿠쉘 선생님은 올라서 있던 의자에서 내려왔다.

"같이 이야기하고 싶은 게 있니?"

선생님이 물었다.

"네가 길에서 발견한 개의 사진을 가져왔어?"

선생님은 질문 두 가지를 연달아 했다. 나는 처음 질문에 답을 했다.

"같이 이야기하고 싶은 게 있어요."

나는 내 책상에 앉고 쿠쉘 선생님은 내 옆의 라이블러 선생님 의자에 앉았다.

"이것을 말씀드려야 해요."

나는 말했다.

"진실을 말해야 해요."

쿠쉘 선생님은 나를 보고 미소를 지었는데, 그것은 어서 말하라는 신호였다.

"진실은 그 주인 잃은 개가 레인이에요."

쿠쉘 선생님의 미소가 찡그림으로 바뀌었다.

"무슨 말인지 이해를 못 하겠는데?"

나는 선생님에게 레인에 관한 모든 것을 말했다. 아빠가 레인을 집으로 데리고 온 날 밤부터 시작해서 레인이 칩을 가지고 있지 않았더라면 레인의 주인이 누구인지 알 수 없었을 거란 이야기를 모두 했다.

"그래서 레인이 돌아온 거예요."

나는 이야기를 마무리했다.

"레인은 제 개가 아니고, 그러니 진짜 주인을 찾아야 해요. 집이 부서져서 지금은 친척 집에 살고 있다고 하는, 글로버스 타운에 살았던 핸더슨 씨를 찾아야 해요."

웰든 삼촌이 그랬던 것과 똑같이 쿠쉘 선생님이 나에게 말했다.

"오, 로즈. 정말 그렇게 하고 싶니?"

나는 머리를 끄덕였다.

"예, 진심이에요. 그렇게 하는 것이 옳아요. '행복한 꼬리들' 보호소도 주인을 찾고 있어요."

쿠쉘 선생님은 또 얼굴을 찌푸리고 연필 끝을 내 책상 모서리에 탁탁 두드렸다. 이것은 선생님이 생각하고 있다는 신호이다. 한참 뒤에 선생님이 말했다.

"내게 좋은 생각이 있어. 신문에 광고를 싣는 대신에 누군가 기사를 쓸 수 있을 거야. 기사는 조그만 광고보다 많은 관심을 받을 수 있지. 물론 너희 아빠에게 사전에 허락을 받을 거야."

쿠쉘 선생님이 계속해서 말했다.

"그다음에 작가인 쉴라 펄만이라는 내 친구에게 전화해야지. 그 친구가 좋은 이야기를 쓰면 여러 지방 신문들에 실리게 될 거야. 네 생각은 어때, 로즈?"

"좋은 생각인 것 같아요."

"오늘 밤에 네 아빠에게 전화해야겠다."

"아마도 오후에 전화하시는 게 좋을 거예요."

아빠가 최근에는 항상 아일랜드 사람의 행운에서 시간을 보내고 있다는 것을 생각하며 내가 말했다. 일찍 전화를 할수록 아빠가 술에 취해 있을 확률이 낮을 것이다.

"좋아."

쿠쉘 선생님이 말했다.

***

3일 후 나는 학교에서 사진을 찍는 날 입는 옷을 입고 학교에 갔다. 머리는 웰든 삼촌이 빗어서 리본을 묶어 주었다.

쉬는 시간이 되었을 때, 반 친구들은 식당에서 나가 운동장으로 달려가고 쿠쉘 선생님과 나는 다시 교실로 돌아왔다. 교실에서 기다리고 있는 사람은 파란색 모직 재킷에 맞춰서 파란색 모직 바지를 입은 여자였다. 그 사람의 얼굴은 진지해 보였는데 나를 보자 미소를 지었다.

"로즈, 펄만 선생님께 인사 드려. 글을 쓰는 분이야. 펄만 선생님, 이 애가 로즈 하워드예요."

펄만 선생님이 손을 내밀었는데 나는 그 손을 잡고 흔들어야 한다는 것을 알았다. 그래서 나는 그렇게 했다.

"음, 이제 이야기를 시작해 볼까요?"

담임 선생님이 말했다.

펄만 선생님이 노트북 컴퓨터를 켰다. 선생님은 나에게 질문하는 걸로 일을 시작했다. 레인에 관해서, 언제 아빠가 레인을 집에 데리고 왔는가에 대해서, 어떻게 레인을 잃어버렸고 어떻게 다시 찾았는가에 대해서 질문을 했다. 그리고 우리가 '행복한 꼬리들'에서 레인을 찾은 후에 일어난 일에 대해 더 많은 질문을 했다. 나는 선생님에게 웰든 삼촌이 디지털카메라로 찍어 준 레인의 사진을 주었다.

펄만 선생님은 사진을 보고 나를 보고, 다시 사진을 보았는데 선생님이 나를 두 번째로 쳐다볼 때 선생님 눈에 눈물이 고인 것을 보았다.

"네가 하는 일은 정말 용감한 일이고 남을 배려하는 마음에서 우러나온 일이야, 로즈."

선생님이 말했다.

"자신이 사랑하는 개를 포기하면서까지 진짜 주인과 함께 다시 만나게 해 주는 일은……."

나는 고개를 끄덕였다. 어쩌면 고맙다고 말해야 하는 건지도 몰랐다.

'2, 3, 5, 7, 11…….'

내가 아무 말도 하지 않자, 펄만 선생님이 쿠쉘 선생님에게 말했다.

"기사의 끝에다 하트포드 신문의 연락처를 써 놓을 겁니다. 레인이나 핸더슨 가족에 대해 아는 사람이 전화할지도 모르니까요. 그렇게 하면 로즈의 개인 정보는 밝혀지지 않을 거예요."

쿠쉘 선생님이 고개를 끄덕였다.

"그런 것을 로즈. 그래요, 오늘 로즈의 삼촌이 로즈를 데리러 오면 삼촌에게 설명해야겠어요."

펄만 선생님은 나를 돌아보고 미소를 지었다.

"이제 일이 다 끝난 것 같구나. 고맙다, 로즈."

"천만에요, 펄만 선생님."

나는 대답하며 선생님이 악수할 수 있도록 손을 내밀었다.

40

파라바니가
동음이의어를 발견하다

우리는 수업 시간에 작문을 하고 있었다. 크리스마스와 하누카가 다가오고 있었으나 쿠쉘 선생님이 무엇에 대해 쓰고 싶은지 물었을 때 모든 아이들이 "허리케인 수잔"이라고 대답했다. 우리는 부서진 집과 파괴된 예술작품, 물에 떠내려간 다리와 잃어버린 개들을 아직도 생각하고 있었다.

나는 파르바니가 쓰고 있는 글의 주제가 무엇인지 정확하게는 모르지만 갑자기 그 애가 손을 들고 "쿠쉘 선생님, 무엇인가를 부숴버린다는 의미의 단어가 뭐였지요?" 쿠쉘 선생님은 연필로 손가락을 두드리면서 잠시 생각하는 얼굴이더니 "Raze(파괴하다)?"라고 말했다.

"맞아요!"

파르바니가 소리쳤다. 그러고는 파르바니는 흥분을 주체하지 못하고 자리에서 일어나 내 책상으로 달려와 소리쳤다.

"로즈, 내가 세 쌍의 동음이의어를 생각해냈어. raze, raise(들다) 그리고 rays(광선들)야!"

나도 그 세 쌍의 동음이의어를 생각해 낸 적이 있다. 하지만 지금은 그 말을 할 때가 아니라 우정을 느낄 시간이라는 것을 알았다. 친구라면 아마도 이렇게 말하지는 않을 것이다. '나는 이미 그걸 알고 있어.' 그래서 나는 파르바니를 보고 웃으며 외쳤다.

"그것 정말 멋진데!"

나는 목소리에 흥분을 보탰다.

파르바니는 손바닥을 공중에 들고 말했다.

"하이파이브!"

나는 파르바니와 하이파이브를 했다. 그러고는 다시 작문을 계속했다. 우리는 둘 다 웃고 있었다.

41

아빠가 대명사를 잘못 사용하다

"이게 뭐냐?"

아빠가 질문을 했다. ('이것'이 아빠가 대명사를 잘못 사용한 것은 아니다.) 아빠는 신문을 손에 들고 있었다.

방과 후에 웰든 삼촌이 나를 집에 내려 주어 현관에서 나를 기다리고 있던 레인과 나란히 앞쪽 현관으로 걸어 들어갔을 때다.

"신문이잖아요."

나는 말했다.

아빠의 얼굴은 굳어 있었고 웃음기는 전혀 없었다.

"물론 이것은 신문이지."

아빠는 신문을 내 발치에 던지면서 말했다.

"샘 다이아몬드가 오늘 아침에 주더라. 그 사람 말이 이 안에 뭔가 잘못된 게 있으니 한번 보라고. 그 사람 말이 맞았어. 아빠한테 뭐 할 말 없니?"

나는 혼란스러웠지만 그것보다도 겁이 났다.

"없어요."

아빠는 신문을 주워 거칠게 넘기다 신문이 찢어지기도 했다. 세 차례나 뒤적이다가 멈추고는 그중 한 부분을 나에게 밀쳤다.

"이게 뭐냐?"

같은 질문을 두 번째로 물었다.

나는 신문을 보았다. 레인의 사진과 '한 소녀의 용감한 탐색'이라는 제목의 긴 기사가 눈에 들어왔다. 기사를 쓴 사람은 쉴라 펄만이었다.

"쿠쉘 선생님이 전화로 말한 그 기사예요."

내가 아빠에게 말했다.

"아무도 어떤 기사에 대해 전화하지 않았다."

나는 신문을 다시 돌려주며 말했다.

"쿠쉘 선생님이 전화했어요."

아빠는 오랫동안 꼼짝도 하지 않았고 눈동자는 방 안 여기저기를 헤매고 있었다. 나는 아빠가 아일랜드 사람의 행운에서 돌아왔을 때 전화벨이 울렸던 것을 갑자기 기억해 내고 있음을 알았다.

아빠는 수화기를 들고 "여보세요?"라고 한 다음에 얼굴을 찌푸리며 "로즈가 뭘 했다고요? 그 애가 또 말썽을 일으켰나요?"라고 말했다. 아빠는 손으로 송화기를 막고 나에게 속삭였다.

"쿠쉘 선생님이야."

"예."

내가 말했다.

아빠는 손을 뻗어 리모트컨트롤을 들고 텔레비전을 켰고 음소거 단추를 누른 채로 채널을 이리저리 돌렸다. 그리고 가끔 "예", 혹은 "저런"이라고 전화에 대고 말했다. 그러다가 전화를 끊었다. 아빠가 텔레비전의 음량을 다시 올리기 전에 물었다.

"너 담임 선생님한테 레인에 대해서 뭐라고 한 거니?"

이제 아빠는 머리를 흔들었다.

"로즈, 이건 우리 집의 사적인 일이야. 집안일이라고. 이제 신문에 도배가 되었으니 읍내 사람들이 다 읽게 되겠구나. 네 아빠는 도둑놈이 되고."

나는 뒤로 물러났다. 레인도 뒤로 물러섰다. 레인은 한시도 아빠에게서 눈을 떼지 않았다.

"웰든 삼촌과 얘기하세요."

내가 말했다. 나는 삼촌이 아직 사무실에서 돌아올 시간이 아니라는 것을 알고 있지만, 아빠가 쿠쉘 선생님한테 전화해서 소리를 지르는 것을 원하지 않았다.

"레인을 산책시키고 올게요."

내가 덧붙였다.

"돌아오면 삼촌에게 전화하세요."

나는 서둘러 레인을 데리고 나와 삼촌이 퇴근할 시간이 될 때까지 거리를 오르락내리락하다가 널빤지로 된 다리를 건너 집으로 돌아왔다.

아빠는 아무것도 하지 않은 채 식탁에 앉아 있었다. 나는 전화기를 들고 삼촌의 전화번호를 돌렸다. 내가 삼촌에게 지금까지의 일을 이야기하자 삼촌은 "내가 아빠하고 이야기할게. 아빠 바꿔줘."라고 말했다.

나는 지금 아빠에게 조금 화가 나 있었으므로 테이블 옆에 서서 아빠를 쳐다보고 있다가 대화의 마지막 부분을 들었다. 대화의 첫 부분에서 아빠는 별로 말을 하지 않다가 "알았다! 아무한테도 전화하지 않으마. 문제 삼지 않을게." 하고 소리쳤다. 그러고는 웰든 삼촌에게 인사말도 없이 전화를 끊었다. 그리고 나를 보며 말했다.

"로즈야, 앉아라."

나는 아빠 옆에 앉고 싶지 않았다.

"어디예요?"

아빠는 테이블에서 의자를 하나 발로 차서 밀며 "여기 앉아."라고 말했다.

나는 의자 끝에 걸터앉았다.

"왜 이런 일을 벌이니, 로즈? 레인의 주인은 왜 찾는 거야? 레인은 내가 너에게 준 선물이었어. 내가 준 선물. 한 번은 나한테, 다른 한 번은 보호소에서 레인을 두 번이나 받게 된 것은 우연이 아니야. 그냥 너의 행운을 받아들여."

"하지만 아빠가 허리케인이 왔을 때 레인을 밖에 내보내지만 않았더라면, 두 번이나 받을 필요도 없었을 거예요."

나는 레인을 내려다보고 아빠를 다시 올려다봤다.

"왜 허리케인이 왔는데 레인을 밖에 내보냈어요?"

"로즈, 제발."

나는 아빠의 얼굴로 피가 몰리는 것을 볼 수 있었다.

"하지만, 왜 그랬어요? 레인은 한 번도 폭풍이 몰아칠 때 밖에 나간 적이 없어요. 혼자서는 나간 적이 없다고요."

아빠가 다시 입을 열었을 때, 목소리는 매우 낮았다. 그러나 쿠쉘 선생님이 교실에서 책을 읽어줄 때와 같은 부드러운 목소리는 아니었다. 그것은 다른 종류의 낮은 목소리였다.

"너의 행운의 별과 축복을 믿으면 돼, 로즈. 너는 그놈의 개를 다시 돌려받았잖아."

이것은 논리적이지 않다.

"아빠가 밖에 내보내지만 않았으면 내가 돌려받을 필요도 없었어요. 왜 레인을 밖에 내 보냈어요?"

아빠가 너무도 갑자기 그리고 너무나 세게 테이블을 주먹으로 내려쳤기 때문에 레인과 나는 벌떡 일어섰다.

"이것 봐라. 이 버릇없는 놈아. 나는 저것을(that) 너를 위해 집으로 데려왔어."

아빠는 레인을 가리켰다.

"나는 좋은 일을 하려고 노력하고 있었다."

"레인은 '저것(that)'이 아니에요."

내가 아빠에게 알려줬다.

"레인(she)이라고요."

아빠는 일어서서 나를 내려다봤다.

42

레인 보호하기

“뭐라고?”

아빠가 물었다.

나는 머리를 저었다. 아빠는 나보다 훨씬 크다. 내가 알아차리지 못했다. 아빠의 손이 얼마나 두껍고 단단한지 그리고 어깨가 얼마나 넓은지 내가 알아차리지 못했다.

‘2, 3, 5, 7.’

“대답해.”

아빠가 똑같이 낮은 목소리로 말했다. 나는 의자에서 내려서서 내 방으로 피하려 했다.

“이리 와.”

"싫어요."

"좋아."

아빠는 나를 향해 크게 두 걸음을 걸어와 팔을 들어 올렸는데 주먹을 꽉 쥔 채였다. 나는 돌처럼 단단한 손가락 마디마디가 하얗게 된 것을 보았다.

아빠는 한 번도 나를 향해 주먹을 올린 적이 없었다. 내가 기억하기로는 단 한 번도. 그것은 할아버지와 같은 종류의 아빠가 되고 싶지 않다는 마음이었다.

내가 내 방문과 현관문 중에 어디가 더 가까운가를 생각하고 있을 때, 금발의 형체가 으르렁거리며 아빠의 가슴을 향해 공중으로 돌진했다.

"레인!"

내가 외쳤다.

레인은 바닥에 앉았다가 다시 뛰어오를 준비를 했으나, 레인이 다시 뛰어오르기 전에 아빠가 주먹을 내리쳤다. 아빠가 주먹으로 레인의 등을 내려치자 레인은 옆으로 휘청하더니 식탁 다리 사이에 주저앉았다. 으드득하는 소리와 공포와 고통으로 낑낑거리는 레인의 울음소리를 들었다.

나는 테이블 밑으로 재빨리 몸을 날렸는데 무릎이 마룻

바닥에 쓸려 살갗이 벗겨졌다. 나는 레인을 두 팔로 감싸고 식탁 한가운데로 기어들어 갔다. 아빠가 팔을 뻗어 당으려고 할 때마다 게임의 표적이 된 것처럼 나는 몸을 움츠리며 이리저리 피했다.

"레인을 때리지 말아요!"

나는 소리쳤다.

"레인에게 손대지도 말고 때리지도 말아요."

나는 레인이 혼자 당하게 하지 않을 것이다. 몇 초 후에 아빠의 손이 사라졌다. 거실을 가로질러 현관으로 가는 발소리가 들렸다. 손잡이를 돌리는 소리가 들리고 그다음에 소리가 멈췄다. 나는 앞으로 조금 기어나와 식탁 밑에서 내다보았다.

"이 일에 대해서 누구에게라도 한마디만 해 봐. 로즈, 한마디라도……."

아빠는 숨을 거칠게 쉬고 있었다. 말을 계속하기 위해서는 잠시 숨을 골라야 했다.

"웰든이나 쿠쉘 선생님에게 한마디만 하면……."

아빠의 눈길이 레인에게 머물렀다. 레인은 비록 떨고 있었지만 식탁 아래서 머리를 내밀고 있었다. 아빠가 레인을 노려보았다. 아빠는 문장을 끝내지 않았는데 그럴 필요도 없었다. 나는 레인을 아빠의 시선에서 벗어나게 하려고 내 뒤로 숨겼다.

아빠는 열쇠고리를 찾아 쥐고는 문을 쾅 닫고 나갔다. 나는 한동안 레인을 안고 있었다. 우리들도 숨을 거칠게 쉬었다. 내가 숨을 헐떡이자 레인도 가쁘게 숨을 쉬며 침을 흘렸다.

샘 다이아몬드의 자동차에 시동이 걸리는 소리를 듣고서야 나는 식탁 밑에서 기어 나왔다. 나는 레인을 끌어당겨 같이 소파에 앉았다. 나는 레인의 온몸을 계속 쓰다듬었다. 어디 다친 것 같지는 않았다. 나는 레인을 좀 걸어보게 했는데 절룩거리지 않았다.

나중에 나는 레인에게 저녁을 먹이고 비록 원하던 계획의 변경은 아니지만 평소보다 일찍 산책을 시켰다. 그러고 나서 레인을 내 방에 두고 문을 닫았다.

내가 학교에 있을 동안 어떻게 레인을 보호할 수 있을지 방법을 알 수 없었다.

***

아빠가 집에 돌아왔을 때, 나는 자지 않고 텔레비전을 켜 둔 채 거실에 앉아 있었다.

아빠는 내 앞에 서서 말했다.

“미안하다, 로즈. 다시는 이런 일 없을 거야.”

나는 아빠의 눈을 똑바로 보았다. 나는 아빠의 눈빛을 읽을 수 없어서 아무 말도 하지 않았다.

“진심이다.”

아빠가 말을 이었다.

“미안하다. 정말, 많이 미안해.”

“알겠어요.”

내가 말했다.

이것은 아마도 진지한 사과일 것이다.

43

쿠쉘 선생님이 말한 것

학교에서의 시간은 여느 때와 다름없이 흘러갔다. 쿠쉘 선생님은 게시판을 기념일들에서 '우리는 모두 예술가'로 바꿨다. 눈이 녹아서 운동장은 하얗게 젖은 것이 아니라 진흙투성이로 엉망이었다. 다음에 올 기념일은 마틴 루터 킹의 날이 될 것이다.

어둡고 비가 내리고 춥기까지 한 어느 날 아침, 라이블러 선생님은 평상시와 같이 나를 교실로 데려다주었다. 그러나 평소와 다른 점은 내가 코트를 벗어 걸고 내 물건들을 책상에 내려놓자마자 쿠쉘 선생님이 나를 교실 뒤로 데려 간 것이다.

"너랑 조용히 이야기하고 싶구나, 로즈."

선생님이 말했다.

나는 내가 쿠쉘 선생님과 라이블러 선생님이 아빠에게 보내는 주간보고서에 쓸 만한 잘못을 했는지 궁금했다.

"예, 좋아요."

나는 대답을 하고는 동음이의어에 대해 생각했다. tied('묶다' tie의 과거형)와 tide(밀물)는 새로운 동음이의어이다.

"어제 신문사에 레인에 관한 전화가 걸려왔다는 것을 알려주려고."

'tied/tide, died('죽다' die의 과거형)/dyed(물들인)'

"로즈, 내 말 듣고 있니?"

"예."

"제이슨 핸더슨이란 사람이 전화를 했대. 그 사람은 누군가 자기에게 신문 기사를 보여줬다고 하면서 레인이 자기네 개라고 말했다는구나. 신문 기사가 그 사람을 '행복한 꼬리들'과 연락을 닿게 해줬고 카포럴 부인은 그 사람과 그 사람 가족들이 레인의 원래 주인이라는 것을 확신했대. 그 사람이 말한 정보와 레인의 칩에 있는 정보가 모두 일치한다는구나. 게다가 그 사람들은 레인과 같이 찍은 사진을 많이 가지고 있대."

쿠쉘 선생님은 말을 멈추고 나를 심각한 표정으로 보았다.

"이게 너에게 좋은 소식인지 나쁜 소식인지 모르겠구나."

"신문 기사가 할 일을 했군요."

내가 말했다.

"그래. 그런 셈이지. 레인이 어떻게 핸더슨 씨 가족과 헤어지게 됐는지 알고 싶니?"

"예."

"그 사람들은 레인이 집에 있을 때면 뭔가에 걸리지 않도록 목걸이를 벗겨 놓았대. 어느 날 핸더슨 가족들이 모두 외출하고 레인 혼자 집에 있었는데 이웃 사람이 부엌에 뭘 두고 가려고 들른 사이에 레인이 목걸이도 없이 밖으로 빠져나간 거란다. 이웃 사람은 레인이 나간 것을 보지 못했기 때문에 아무도 레인이 없어진 것을 몇 시간 동안이나 몰랐다는구나. 이것이 너희 아빠가 레인을 발견하기 이틀 전 일이야, 로즈."

"결국 핸더슨 씨네가 무책임했던 것은 아니네요."

내가 말했다.

"그냥 우연이었어요."

레인은 허리케인이 왔을 때 목걸이도 없이 우리 집을 나간 것처럼 그렇게 그 집을 나온 것이었다.

"그래. 슬픈 우연이지. 어떻게 레인이 집에서 그렇게 멀리 떨어진 이곳까지 오게 되었는지는 알 수 없지만, 오게 된 거지. 핸더슨 씨 가족은 살고 있는 도시에서 여러모로 레인을 찾았대. 벽보도 붙이고 신문에 광고도 싣고. 그러나 레인을 봤다는 사람이 아무도 없었단다."

"우리가 데리고 있었기 때문이죠."

쿠쉘 선생님은 머리를 옆으로 삐딱하게 들며 말했다.

"그렇지만 지금 너는 펄만 선생님이 말한 것처럼 매우 용감한 일을 했어."

"알겠어요."

"나머지 이야기는 너도 아는 내용이야. 핸더슨 씨 가족은 허리케인이 지난 후에 집에서 나와 지금은 친척 집에서 살고 있단다. 그래서 그 사람들을 찾는 것이 그렇게 어려웠단다."

쿠쉘 선생님이 잠시 말을 멈추었다.

"로즈야, 그들은 레인이 돌아오기를 원해. 그 사람들은 레인을 사랑하고, 그리워하고 돌아오기를 몹시 원하고 있어."

"알겠어요."

44

안녕

바로 그다음 날 웰든 삼촌은 여느 때와 마찬가지로 학교에서 나를 차에 태웠다. 여느 때처럼 집에 데려다주었다. 우리 집 앞에 내려 널빤지로 만든 다리를 건널 때, 나는 레인이 창문 밖으로 나를 보고 있는 것을 보았다. 여느 때와 다른 점은 웰든 삼촌이 아직 트럭에 앉아 있다는 것이다. 삼촌은 나와 레인을 기다리고 있었다.

나는 학교에서 쓰는 물건들을 집 안에 들여놓았다. 그러고는 레인의 목줄을 채워 마당을 한동안 산책했다. 레인은 오줌을 누고 큰일도 보고 자기가 좋아하는 것들, 그러니까 나무 둥치, 현관 앞의 맨 마지막 계단과 차고 문 앞의 정해진 곳의 냄새를 맡으려고 킁킁거렸다. 웰든 삼촌은 트럭에서 우리를 보고 있었다.

아빠는 집에 없었다. 아마도 아일랜드 사람의 행운에 있을 것이다. 그러나 아빠가 오늘 아침에 새 다리를 만드는 일을 시작했다는 것은 알아볼 수 있었다.

아빠는 레인에게 작별인사를 하고 싶지 않을 것이라 생각했다.

나는 레인을 트럭으로 데리고 갔다. 운전 중에 레인은 나와 삼촌 사이에 앉아 진지하게 창밖을 보았다.

며칠 전에 라이블러 선생님은 다른 사람의 관점에서 사물을 보려고 노력하라고 말했다.

"로즈, 다른 사람의 입장이 되어 봐. 저 여자는 무슨 생각을 하고 있을까? 기분이 어떨까?"

나는 지금 레인이 무슨 생각을 하는지 잘 모르겠다. 하지만 운전하면서 실수하는 사람이 있나 도로를 보고 있는 것처럼 보였다.

웰든 삼촌과 레인과 나는 '행복한 꼬리들'을 향해 달렸다. 말을 거의 하지 않았고 트럭 안은 매우 조용했다.

나는 레인의 앞발에 있는 흰 발가락을 쓰다듬었다. 발가락은 갯버들처럼 부드러웠다.

웰든 삼촌은 '행복한 꼬리들'의 진입로에 들어섰다. 트럭을 주차하고 삼촌은 나를 한참 바라보았다.

"로즈, 괜찮니?"

삼촌이 물었다.

나는 창문을 바라보며 아빠가 레인의 등을 후려치고 식탁 밑으로 우리를 잡으려고 손을 휘젓던 것을 생각했다.

"핸더슨 가족이 레인을 잘 보살필 거라고 생각해요."

내가 대답했다.

나는 레인이 트럭에서 내리는 것을 도와 레인을 '행복한 꼬리들'의 문으로 가는 길로 데리고 갔다. 레인은 몸을 떨었는데, 이것은 레인이 '행복한 꼬리들'을 기억하고 있으며 여기 다시 돌아오는 것이 기쁘지 않다고 믿게 하였다. 그 이상은 레인이 어떤 기분일지 모르겠다.

카포럴 부인은 문 앞에서 웰든 삼촌과 레인 그리고 나를 기다리고 있었다. 그녀는 팔을 내 어깨에 둘렀다.

"네가 네 사람을 아주 기쁘게 만들었다, 로즈."

카포럴 부인이 말했다.

"너는 정직하고 용감한 일을 한 거야."

모든 사람들이 나를 용감하다고 한다. 이것이 용감한 기분일까?

"내 사무실로 가자."

카포럴 부인이 말을 이었다.

"핸더슨 가족이 거기에 있어."

내가 삼촌을 올려다보자 삼촌은 미소로 대답했다. 그리고 삼촌은 내 등에 손을 얹었고 우리는 출입구를 지나 카포럴 부인을 따라갔다.

작은 사무실의 의자에 앉아있는 사람은 한 남자와 한 여자, 내 나이 또래의 여자아이 한 명 그리고 아마도 소수인 일곱 살 쯤 된 남자아이 한 명이었다. 그들은 조용히 앉아 있었다. 그러나 레인을 보자 모두 벌떡 일어섰다. 그러고는 여자아이와 남자아이는 무릎으로 걸어서 레인에게 다가가 레인을 껴안았다.

"올리비아!"

여자아이가 외쳤다.

남자아이는 아무 말도 하지 않았다. 그 아이는 얼굴을 레인의 털에 묻었다.

아이들의 엄마는 울기 시작해서 나는 더 이상 그녀를 쳐다보지 않았다.

나는 레인을 보았다. 레인은 처음에는 조용히 앉아 있었는데 지금은 일어서서 꼼지락거리고 있었다. 떠는 것이 아니라 꼼지락거리고 있었다. 온몸이 움직이고 있었다. 레인은 남자아이의 얼굴을 핥고 여자아이의 얼굴을 핥았다. 그러다 남자의 다리에 뛰어오르기도 했다. 여자가 무릎을 꿇고 앉자 레인은 발을 그녀의 어깨에 올려놓았다. 레인은 기쁨으로 낑낑거리는 소리를 내고 뛰어오르고 앞뒤로 춤을 추고 핸더슨 가족의 손바닥에 코를 문질렀다.

이것이 바로 행복한 레인이다.

그리고 이것이 바로 행복한 사람들이라고 나는 생각했다. 나는 저 사람들의 집이 어떤 상태였는지를 기억했다. 나는 저 남자아이와 여자아이의 관점에서 생각하려고 노력했다. 저들은 내가 레인을 잃었을 때 슬퍼한 것처럼 슬퍼했음이 틀림없다. 그리고 지금은 내가 처음 '행복한 꼬리들'에 와서 행복했던 것처럼 행복해하고 있음이 틀림없다. 저들은 아직 집은 없지만 이제 자기들의 개를 되찾았다.

레인이 춤추는 것처럼 돌아다니는 것을 멈추고 방안이 차츰 조용해지자 카포럴 부인이 핸더슨 씨와 부인에게 건넬 서

류를 가져왔다. 그들은 서류에 서명을 하고 한 순간 모든 사람이 정지하듯 서로를 쳐다보며 서 있었다. 나는 레인을 내려다보았다.

핸더슨 부인은 작은 방을 가로질러 내게로 와서 나를 안았다. 나는 그녀가 나를 안는 동안 팔을 옆구리에 붙인 채 움직이지 않고 있었다.

"고맙다, 로즈."

부인이 말했다.

"그래, 정말 고맙다."

그녀의 남편이 말했다. 그는 아마도 나를 안으려고 한 것처럼 보였는데 마음을 바꾸어 안는 대신에 나를 보고 미소를 지었다.

"고마워."

여자아이와 남자아이가, 이제는 이름을 알게 되었는데, 진과 토비가 말했다.

나는 잠시 생각하다가 말했다.

"고맙긴."

그리고 핸더슨 가족 한 명, 한 명을 쳐다봤다.

웰든 삼촌은 큼큼거리며 목을 가다듬더니 "자, 그럼 이제 집에 가자. 로즈."라고 말했다. 삼촌은 핸더슨 씨네를 보고 말했다.

"로즈가 레인과 둘만의 시간을 가져도 되겠습니까?"

"물론이에요."

핸더슨 씨가 대답했고 모든 사람이 레인과 나를 두고 방을 나갔다.

레인은 방 한가운데에 엉덩이를 대고 앉아 있었다. 아직도 몹시 흥분이 된 상태여서 내가 옆에 앉자 나에게 뛰어오르고 숨을 거칠게 쉬면서 제 얼굴을 내 얼굴에 대었다.

"저 사람들이 네 가족이야."

마침내 내가 말했다.

"저 사람들과 함께 집에 가게 될 거야."

레인은 나를 오랫동안 쳐다보았다.

나는 두 팔로 레인을 감싸 안아(wrap/rap:톡톡 두드리다) 내 뺨에 닿는 부드러운 털을 느꼈다.

"사랑해. 레인, 사랑해."

내가 말했다.

레인은 나에게 몸을 기대었고 우리는 방문을 두드리는 소리가 날 때까지 그렇게 앉아 있었다.

"로즈?"

웰든 삼촌이 불렀다.

"지금 가야 해. 핸더슨 씨네도 가야 하고. 작별 인사는 했니?"

"예."

나는 일어서서 레인을 데리고 방을 나왔다. 레인은 핸더슨 가족을 보고 그들에게 달려갔다.

그들은 안녕과 고마워라는 인사를 수십 번 외쳤다. 나는 '행복한 꼬리들'의 창가에 서서 레인이 핸더슨씨네 자동차에 오르는 것을 보았다. 그리고 나는 차가 주차장을 빠져나와 찻길로 들어서는 것을 보았다. 나는 창문으로 레인의 머리와 길고 사랑스러운 입, 지우개와 같은 색깔인 분홍색 코를 볼 수 있었다. 진 핸더슨은 레인의 귀에 기대어 속삭이고 레인은 머리를 옆으로 들었다.

차가 모퉁이를 돌자 레인은 사라졌다.

5부

마지막 이야기

45

조용한 집

우리 교실의 게시판 주제는 '봄이 오고 있다!'로 바뀌었다.

공기는 매일 따뜻해졌다.

아빠는 다리 공사를 마쳐서 이제 트럭이 위로 지나다닐 수 있게 되었다.

샘 다이아몬드는 차를 다시 가져갔다.

우리 집의 오후는 조용하다. 아빠는 일자리를 찾으러 나간다고 했다.

나는 혼자 집에 있을 때 내 동음이의어 목록을 공부했다. 그리고 엄마의 상자를 뒤졌다.

그것이 전부이다.

내 안에는 통증이, 고통이 있다.

용감함이 가져다주는 느낌이 이런 것인가? 아니면 외로움의 느낌?

아마도 이것은 슬픔이 가져다주는 통증일 것이다.

46

아빠가 웰든 삼촌과 말다툼을 하다

마당의 풀이 갈색이 아니라 녹색이 되고, 공기는 따뜻하고 냄새는 달콤했으며 나뭇가지는 새싹으로 솜털이 보슬보슬 돋아난 어느 날, 삼촌은 하트포트 초등학교에서 집까지 나를 태워다 주었다. 삼촌은 완성된 다리를 건너 트럭을 주차했다.

아빠는 아빠 트럭 앞쪽에서 후드를 열고 뭔가를 두드리고 있었다. 아빠는 망할 제리가 해고한 이후로 제이앤알 카센터에 나가지 않고 있었다. 지금은 다리가 완성되었기 때문에 트럭을 고치고 있다. 아빠의 새 직장 찾기는 잘 되어가는 것 같지 않다.

지난주 어느 오후에 삼촌이 나를 집에 데려다줄 때 나는 말했다.

"이제 아빠가 나를 학교에 데려다주고 데려올 수 있을 것 같아요. 아직 일이 없잖아요."

삼촌은 내가 말을 끝내기도 전에 머리를 흔들며 말했다.

"그 얘기는 하지 말자."

그 말은 내가 삼촌에게서 듣고자 했던 "아냐. 계속 내가 데려다줄게."라는 말이었다.

조금 더 달린 후에 내가 말했다.

"아빠의 입장에서 보면, 아빠는 쿠쉘 선생님이나 라이블러 선생님을 마주치고 싶지 않은 것 같아요. 아빠는 한 달에 한 번 선생님들을 보는 것만으로 충분한 거지요."

"정확하게 봤구나."

이제 이 봄날 나는 트럭에서 내린다. 그리고 삼촌도 트럭에서 내렸다. 이것은 여느 때와 다르다.

"어이, 형!"

삼촌이 말했다.

아빠는 트럭의 후드에서 물러나 허리를 폈다. 그리고는 주머니에 매달려 있던 걸레에 손을 닦았다.

"응, 왜?"

"시간 좀 있어요?"

삼촌이 물었다.

"있지."

아빠는 경계하는 것처럼 보였다.

"저, 내가 쭉 생각해 봤는데요. 여기 로즈……, 여기 로즈에게 개가 한 마리 있으면 좋을 것 같아서. 어때요?"

나는 한 걸음 물러섰다.

"나는 그런 말 한 적 없어요!"

나는 아빠에게 말했다.

"없지."

웰든 삼촌이 조용히 말했다.

"이건 순전히 내 생각이에요."

아빠는 코웃음을 쳤다.

"여기 로즈는 자신이 받은 개를 고마워하지 않아. 내가 가져다 준 개 말이야. 그것(it)을 돌려주고 말았잖아. 다시 그것을 키울 수 있게 되었는데도 돌려줬지."

레인은 그것(it)이 아니다. 아빠는 화가 났다.

"레인은 로즈의 개가 아니었어요."

삼촌이 대답했다.

"그것을 키울 수도 있었어."

아빠가 되풀이해서 말했다.

"원래 주인을 찾으려고 나설 필요까지는 없었지."

웰든 삼촌은 이를 꽉 다물었다.

나는 한 걸음 더 뒤로 물러났다.

"나는 저를 위해 좋은 일을 하려고 노력하는 중이었다고."

아빠가 말했다.

"내가 개를 구해다 줬는데 그것을 다시 돌려줬어. 내가 한 아주 좋은 일을. 내가 한 좋은 일."

"봐요. 형"

"한마디도 더 하지 마. 진심이다. 단 한마디도."

아빠가 단 한마디라고 말할 때 그것은 진심이다.

웰든 삼촌은 트럭으로 돌아가 앞문을 열고 운전대 앞에 앉았다.

"그냥 좀 생각해 봐요. 로즈는……."

삼촌은 하던 말을 멈추었다.

"로즈는 외로워요. 힘들어해요. 형이 없을 때는…… 정말이에요."

"로즈는 괜찮아. 필요한 건 여기 다 가지고 있어. 그냥 이

대로 좋아."

"그렇지만 개는 ……."

"너는 네가 제일 잘 안다고 생각하지? 아니야, 네가 제일 잘 아는 게 아니야."

아빠는 트럭의 옆을 주먹으로 쳤다.

웰든 삼촌은 운전대 뒤에서 미동도 없이 앉아 있었다.

내 마음은 소용돌이쳤다. 나는 삼촌에게 내 마음을 전하려고 노력했다.

'제발 한마디도 더 하지 말아요.'

한마디도. 아빠가 내가 삼촌을 만나는 것을 금지한다면 내게는 아무것도 남지 않는다.

삼촌은 입을 열었다.

"형은 무엇이 로즈에게 최선인지 안다고 확신해요?"

조용히 물었다.

아빠는 주머니에서 공구를 꺼냈다. 아빠는 그것을 삼촌 트럭의 앞유리를 향해 던지려 하다가 팔을 내렸다. 그리고 공구를 다시 주머니에 넣고 머리를 한번 흔들고 다시 후드 아래의 차를 수리하는 일로 돌아갔다. 아빠의 손이 떨리고 있었다.

웰든 삼촌은 차를 후진시켜 회전했다. 삼촌은 창문을 통해 손을 흔들었고 나도 조금 손을 흔들어 주었다.

나는 내 방으로 달려가 문을 닫았다.

47

한밤중에

잠이 들기 힘든 밤마다 나는 똑바로 등을 대고 누워 숫자를 고른다. 정신이 말짱할수록 나는 더 높은 숫자를 고른다. 그러고는 속으로 3씩 줄어들게 수를 세었다.

비가 지붕 위에 부드럽게 떨어지던 어느 따뜻한 밤, 나는 거의 한 시간 반 동안을 침대에 누워 있었다. 전혀 졸리지 않았다. 나는 학교에 대해 생각했다. 레인에 대해 생각했다. 이제 새로운 동음이의어를 찾을 때마다 나에게 말하는 파르바니에 대해 생각했다. 나는 레인에 대해 좀 더 많이 생각했다.

잠이 올 것 같지 않았다.

495, 492, 489, 486, 483. 350을 셀 때쯤 실수를 하기 시작

했고 마침내 붕 뜨는 듯한 느낌으로 잠에 빠져들었다.

쾅! 내 방문이 날아갈 듯 열리고 거실에서 나온 불빛에 비쳐 아빠로 보이는 윤곽이 문 앞에 서 있는 것을 보았다.

나는 시계를 보았다. 잠이 든 지, 채 20분도 지나지 않은 시간이었다.

아빠는 내 방의 전등을 켰다.

"일어나. 너를 웰든에게 데려갈 거야."

아빠가 선언하듯 말했다.

"지금 당장."

나는 팔꿈치를 딛고 일어나 앉았다. 시계는 12시 02분을 가리키고 있었다. 왜 아빠는 이 시간에 일어나 있고 옷을 입고 있는 걸까? 아빠는 오늘 밤엔 아일랜드 사람의 행운에 가지 않았다.

"뭐라고요?"

내가 말했지만 아빠는 이미 거실을 가로질러 가고 있었다. 나는 현관문이 열리는 소리를 들었다.

나는 아빠가 금방 한 말에 대해 생각했다.

"너를 웰든에게 데려다줄 거야."

'웰든에게 가자.'가 아닌 '너를 웰든에게 데려다줄 거야.'

이 말은 웰든 삼촌 집에 가는 사람은 오직 나라는 말로 들렸다. 그리고 이 말은 내가 거기에 한동안 있어야 할 것 같다는 말로 들렸다.

나는 부엌으로 서둘러 가서 싱크대 밑에 있는 쓰레기봉투를 꺼냈다. 나는 밖에서 마치 물건들이 트럭 짐칸에 내던져지는 듯한 쿵쾅거리는 소리를 들었다. 나는 봉투를 들고 내 방으로 와서 재빨리 손에 잡히는 대로 옷가지를 봉투에 쑤셔 넣었다. 나는 쓰레기봉투 옆에 책가방을 놓고 내 동음이의어 목록이 가방 안에 있는지 확인하였다. 아빠가 "로즈, 당장 나와!"라고 소리칠 때, 나는 옷장 안 선반 위에 있는 엄마의 상자를 끌어당겨 내리고 있었다.

나는 쓰레기봉투와 책가방 그리고 엄마의 상자를 들고 재빨리 트럭에 올랐다. 아빠는 내가 차문을 닫기도 전에 급하게 진입로를 내려갔다. 우리가 다리를 날아 건너편 허드 로드로 들어설 때까지 나는 여전히 안전벨트를 매려고 씨름하고 있었다. 트럭 짐칸에는 물건들이, 봉투들이, 트렁크와 종이상자가 옆에서 옆으로 미끄러졌다.

"왜 우리는 웰든 삼촌 집에 가는 거예요?"

내가 물었다.

아빠는 대답하지 않았다. 아빠는 거세게 내리는 비 사이로 앞유리만 바라보고 있었다. 얼굴은 술을 마시고 있을 때처럼 부드럽거나 늘어지지 않고 돌처럼 딱딱했다. 아빠는 고개를 돌려 나를 보지 않았다. 그저 똑바로 확실하고 안전하게 운전만 했다.

"왜 우리는 웰든 삼촌 집에 가는 거예요?"

내가 다시 물었다.

언젠가 음악 시간에 선생님은 우리에게 소리굽쇠를 보여준 적이 있다. 선생님은 책상 모서리에 그것을 올려놓고 우리로 하여금 차례대로 그 위에 손을 올려 진동을 느껴보게 했다. 지금 트럭 안의 공기가 소리굽쇠와 같이 진동하고 있었다. 내가 질문을 두 번째 했을 때도 진동은 계속되었는데 여전히 답을 들을 수 없었다.

우리는 긴장이 잔뜩 고조된 분위기 속에서 아무 말도 하지 않고 어두운 하트포드의 거리를 달렸다. 전조등은 내리는 비와 비에 젖어 매끄러운 나무들 그리고 한번은 길가의 머뭇거리는 너구리의 눈을 비추었다.

"웰든 삼촌은 내가 가고 있는 것을 알아요?"

나는 우리 트럭이 삼촌 집의 진입로에 들어설 때 물었다.

아빠는 트럭을 정차했으나 시동을 끄지 않았다. 아빠는 내 쪽으로 손을 뻗어 차문을 열어 주었다.

"이제 가라."

그러고서 아빠는 오랫동안 하지 않던 것을 했다. 아빠는 나를 안았다. 짧은 포옹이었다. 아빠의 뺨이 내 뺨에 닿을 때 나는 축축하다는 것을 느낄 수 있었다. 아빠는 고개를 돌려 정면을 보았는데 턱이 떨리고 있었다.

나는 트럭에서 내려 내 물건들을 끌어 내렸다. 나는 빗속을 뚫고 웰든 삼촌의 현관으로 달렸다. 내가 뒤돌아보았을 때, 트럭의 꼬리등이 큰길 쪽으로 사라지고 있었다.

나는 삼촌 집의 초인종을 눌렀다. 누르고 다시 또 눌렀다. 현관의 불이 켜지고 나는 문가의 창문에 있는 웰든 삼촌의 얼굴을 보았다. 곧바로 문이 활짝 열렸다.

"로즈!"

삼촌이 외쳤다.

"도대체 무슨 일이냐?"

나는 삼촌에게 다가섰다.

"아빠가 가버렸어요."

48

엄마에게 있었던 일

웰든 삼촌과 나는 유월 초순의 날씨치고는 너무 더운 날, 삼촌 집의 현관 앞에 앉아 있었다. 방학을 하려면 2주나 기다려야 하고, 매일 아침 쿠셸 선생님은 창문을 활짝 여는데 하루 종일 벌들과 파리들이 들어와 우리의 머리 위에서 윙윙거렸다.

나는 벌새가 제라늄 화분 위에서 맴도는 것을 보며 다리를 위아래로 흔들었다.

그날은 토요일 아침이었다. 웰든 삼촌은 "생각 모자를 쓰자."고 말했다.

나는 삼촌을 흘낏 보며 물었다.

"왜요?"

"학교 파티에 뭘 가져가야 할지 생각해내야 돼."

우리는 학기의 마지막 날을 축하하기 위해 쿠쉘 선생님의 교실에서 파티를 열려고 한다.

"쿠키 어때요?"

내가 제안했다.

"초콜렛칩 쿠키?"

웰든 삼촌은 미소를 지었다.

"좋은 생각이야. 다음 주에 가게에 가서 재료를 사자."

우리는 다시 침묵에 빠졌다. 때때로 웰든 삼촌과 나는 오랜 시간 동안 그냥 조용히 앉아 있었다. 우리는 그것을 좋아한다. 앉아 있기와 생각하기.

매일 저녁 우리는 같이 저녁을 만들고 매일 아침 우리는 동음이의어에 대해 이야기한다. 주말에는 삼촌의 트럭을 타고 주립공원이나 애쉬포드의 박물관이나 교외의 음악 축제에 간다. 축제에 갔을 때는 잔디밭에 담요를 깔고 누워서 관현악을 듣는다.

"각 악기가 내는 소리를 골라내려고 해 봐. 바이올린 소리를 듣고 트롬본 소리를 듣고 클라리넷 소리를 듣는 식으로 말이야."

선율이 하늘로 치솟아 별까지 가 닿았다.

이 더운 유월의 아침에, 벌새 한 마리가 이 꽃에서 저 꽃으로 바쁘게 움직였다. 나는 갑자기 말했다.

"웰든 삼촌, 우리 엄마의 관점에서 보면 엄마가 떠날 때 왜 기억들을 뒤에 남기고 갔다고 생각해요?"

웰든 삼촌은 레인이 그랬던 것처럼 나를 향해 머리를 옆으로 올려다보았다.

"무슨 말이니?"

나는 삼촌에게 엄마의 상자에 대해 이야기했다.

"엄마는 소중한 물건들을 두고 떠났어요. 왜 가져가지 않았을까요? 엄마는 내가 엄마를 기억하기를 원치 않았잖아요?"

그러자 삼촌이 얼굴을 찌푸렸다.

"로즈, 너는 네 엄마가 너와 아빠를 버리고 나간 거라고 생각하니? 아빠가 그렇게 말했어?"

"예, 예."

나는 연거푸 대답했다. 삼촌이 질문을 연속으로 두 번 했기 때문이다.

웰든 삼촌의 얼굴은 부드럽고 온화했다. 삼촌은 팔을 내 쪽으로 뻗어 내 무릎을 만지고는 다시 팔을 거두었다.

"네 엄마는 떠나지 않았어. 엄마는 돌아가셨다. 네가 아주 어렸을 때."

"엄마가 죽었어요?"

"그래."

"어떻게 죽었어요?"

"심장에 동맥류가 있었어. 엄마는 갑자기 죽었어."

"왜 아빠는 엄마가 우리를 두고 떠난 거라고 말했어요?"

삼촌은 머리를 흔들었다. 커피를 한 모금 마셨다.

"아마도 너를 보호하려고 그랬을 거야. 아마도 네가 엄마가 죽은 것을 알면 너무 슬퍼할 거라고 생각한 거지."

"하지만 아빠는 내게 엄마가 우리를 떠난 거라고 생각하게 했어요. 나는 엄마가 나 때문에 떠났다고 생각했어요."

웰든 삼촌이 다시 내 무릎을 만졌다. 그 정도는 괜찮다. 이건 그냥 가벼운 접촉이다.

"네 아빠가 언제나 옳은 선택을 한 건 아니야. 그러나 네 곁에서 옳은 선택을 하려고 노력했어."

"그래서 아빠가 떠난 건가요?"

삼촌은 벌새를 보았다. 그리고 다시 한 번 머리를 흔들었다.

"모르겠다. 우리는 그것에 관해 말하지 않았다. 네 아빠와 나는. 그러나 내 생각에 네 아빠는 네가 나와 같이 있는 것이 더 나을 거라고 생각한 것 같다."

"아빠는 떠나는 것이 힘들었을까요?"

"그래, 힘들었을 거야."

이렇게 해서 아빠와 나는 공통된 무엇인가를 갖게 되었다.

우리는 둘 다 용감하다.

49

허드 로드

그 여름은 누구나 기억하기에 가장 더운 여름이었다. 웰든 삼촌은 커다란 나무 그네를 사서 앞쪽 현관에 놓기 전에 초록색으로 페인트칠을 했다. 우리는 매일 저녁 공기가 선선해지기를 기다리며 그네에 앉아 있었다. 웰든 삼촌은 제라늄 화분에 대고 있던 발을 밀어 게으르게 그네를 앞뒤로, 또 앞뒤로 움직였다. 우리는 아침에도 별일이 없으면 그네에 앉아 있었다. 웰든 삼촌이 낮에 일하러 가고 내가 공식적으로 고기능 자폐 진단을 받은 다른 아이들과 만나는 여름학교를 가는 주중의 아침에도 우리는 그네에 앉아 있었다.

어느 일요일 아침 그네에 앉아 나는 먼지 풀썩이는 공터를 가로질러 나무들 사이로 허드 로드로 이어지는 큰길을 보았다. 웰든 삼촌과 나는 며칠 전에 나의 예전 집을 갔었다. 창문을 통해 빈방들을 보았다. 삼촌은 현관문에 붙은 압류 통지서를 생각에 잠겨 손으로 쓸어내렸다. 아빠가 나를 삼촌 집에 내려 두고 간 그날 밤 이후로 아빠에게서는 아무 소식도 없다. 그래서 지난달에 우리가 집을 치워야 했다. 나는 레인의 물건, 목줄이나 밥그릇, 장난감을 빼곤 집에 있는 어떤 물건도 간직하고 싶지 않았다. 레인의 물건은 지금 봉투에 담겨 내 침대 밑에 있다.

일요일, 우리가 그냥 그네에 조용히 흔들리며 앉아 있을 때, 삼촌이 물었다.

"언제 '행복한 꼬리들'에 다시 한 번 가야 하지 않을까?"

나는 삼촌을 힐끗 보았다.

"글쎄요……."

"다시 한 번 갈 때라고 생각하지 않니? 입양을 기다리는 개들이 아마 있을 거야."

"잘 모르겠어요."

"그러지 말고 생각해 봐."

삼촌이 나를 향해 미소를 지었다.

"딱 한번만 가 보자. 슬쩍 보는 거야. 개 한 마리가 너랑 나 사이에 앉아 이렇게 있으면 좋지 않겠니?"

"개가 그네를 타요?"

그제서야 나는 웃었다.

"어쩌면 다음 주말에 갈 수 있을 거예요."

웰든 삼촌이 손을 내밀어서 나는 그 손을 잡고 흔들었다. 거래가 성사된 것이다.

"어젯밤 새 동음이의어를 생각해냈어요."

내가 말했다.

"좋은 거예요. weighed('무게를 달다' weigh의 과거형)와 wade(걸어서 건너다)."

"그거 정말 좋은 거네."

삼촌이 맞장구를 쳤다.

"네 목록에 공간은 있니?"

"예. 이제 나 말고 또 누가 동음이의어 목록을 가진 줄 알아요?"

"아니, 누군데?"

"파르바니요. 그 애한테 전화해서 'weighed'와 'wade'에 대해 말할 거예요."

웰든 삼촌과 나는 그네를 멈추고 손가락을 꼬고 우리의 가슴을 살짝 쳤다.

나는 다시 공터를 보고 하늘을 본다. 넓디넓은 하늘은 옅은 파란색이다. 나는 음률이 우리의 머리 위로 높이 치솟아 오르던 음악 축제를 기억한다. 나는 동음이의어 soared('높이 치솟다' soar의 과거형)와 sword(칼)를 생각한다. 이 단어들은 흥미있는 한 쌍이다. 왜냐하면 soared는 매우 좋은 단어이기 때문이다. 특히 음률이 저녁 공기를 뚫고 솟아오르는 것을 상상하면 더 그렇다. 그러나 sword는 무기이기 때문에 좋은 단어가 전혀 아니다. 이런 점이야말로 내가 동음이의어를 좋아하는 여러 이유들 중의 하나이다. 동음이의어 대부분은 서로 관련이 없다. 일부는 soared와 sword처럼 반대되는 것처럼 보인다. 그러나 동음이의어에 대한 당신의 관점을 바꿀 수만 있다면 멋있게 연결이 되는 것 몇 개는 발견할 수 있을 것이다.

나는 일어선다. 그리고 잠깐 동안(for/fore:앞의/four:4) 눈을 감고 음악이 공기(air/heir:상속인/err:잘못하다)를 가로지르며(through/threw:'던지다' throw의 과거형) 솟아오르던(soared/

sword) 것을 생각한다. 또 음률과 하늘과 우리(our/hour:시간)의 마음이 하나(one/won:'이기다' win의 과거형)가 되었던 웰든 삼촌과 함께 보냈던 밤(night/knight:기사)을 생각한다. ⓜ

레인 레인

초판 1쇄 2016년 8월 30일

글쓴이 앤 M. 마틴 | **옮긴이** 이진경
펴낸이 김두레 | **펴낸곳** 상상의힘 | **등록** 제 2010-000312호(2010년 10월 19일)
표지 그림 박종채 | **편집** 이현정 | **디자인** 이효심 | **인쇄** 천일문화사
주소 150-866 서울시 영등포구 선유로 49길 23 IS비즈타워 2차 1503호
전화 070-4129-4505 | **팩스** 02-2051-1618
홈페이지 www.sseh.net | **전자우편** iobob@hanmail.net

ISBN 978-89-97381-48-7 43840

이 도서의 국립중앙도서관 출판예정도서목록(CIP)은 서지정보유통지원시스템 홈페이지(http://seoji.nl.go.kr)와 국가자료공동목록시스템(http://www.nl.go.kr/kolisnet)에서 이용하실 수 있습니다. (CIP제어번호 : CIP2016014215)